#WOW

Simone Höft & Nora Lämmermann

Unheimlich perfekte Freunde

Simone Höft setzt seit vielen Jahren Sach- und Bildergeschichten für das Kinderfernsehen und andere TV-Formate um, verfasst Synchron- und Drehbücher und lebt in Köln. *Nora Lämmermann* arbeitet als freie Autorin und Dramaturgin in München und schreibt vorwiegend Drehbücher zu Kinofilmen. »Unheimlich perfekte Freunde« ist das erste Kinderbuch, das die beiden zusammen geschrieben haben.

Thilo Krapp lebt in Berlin und illustriert und schreibt dort Kinderbücher und Comics. Außerdem unterrichtet er im Fach Comic/Graphic Novel an der Akademie für Illustration und Design in Berlin.

Simone Höft & Nora Lämmermann

Unheimlich perfekte Freunde

Mit einem Daumenkino
von Thilo Krapp

dtv

Ausführliche Informationen über
unsere Autoren und Bücher
www.dtv.de

MIX
Papier aus verantwortungsvollen Quellen
FSC® C014496

Originalausgabe

Umschlaggestaltung: © SquareOne Entertainment
Lektorat: Natalie Tornai
Gesetzt aus der Myriad Pro 14/17
Satz: Fotosatz Amann, Memmingen
Druck und Bindung: GGP Media GmbH, Pößneck
Gedruckt auf säurefreiem, chlorfrei gebleichtem Papier
Printed in Germany · ISBN 978-3-423-76250-2

INHALTS-VERZEICHNIS

EIN GAR NICHT PERFEXKTER ANFANG MIT UNHEIMLICHEN FOLGEN

Es gibt Tage, an denen sollte man einfach im Bett bleiben. Man sollte sich die Decke über den Kopf ziehen und so tun, als gäbe es einen gar nicht. Dann würden die schlimmen Ereignisse, die an solchen Tagen auf einen lauern, ziemlich dumm aus der Wäsche schauen und müssten sich ein anderes Opfer suchen. Als Frido die Augen aufschlug, wusste er sofort, dass dieser Tag genau so ein Tag war. Sein Bauch sagte es ihm, denn der tat ziemlich weh. Das Problem war nur, dass Fridos Mama der Meinung war, dass man auch an solchen Tagen aufstehen muss. Man musste mindestens hundert Grad Tropenfieber haben. Oder Windpocken, Masern und eine besonders ansteckende Form von Mumps auf einmal, damit Mama einem erlaubte, im Bett zu bleiben. Ein bisschen Bauchweh reichte da nicht.

Vor allem, weil Mama auch wusste, was heute für ein Tag war. Der Kühlschrank sagte es ihr. Genauer gesagt, der Zettel, der am Kühlschrank hing. Ein Zettel mit einem Datum und einem langen Wort: ELTERNSPRECHTAG! Das Wort verdarb Frido sogar den Appetit auf sein Schokostreuselbrot und das Datum über dem Wort machte die Sache nicht besser. Das Datum war nämlich **heute**!

Wie ist die perfekte Schule? Geschlossen!, dachte Frido. Und dass sie ganz besonders an Elternsprechtagen geschlossen sein sollte. Es half aber nichts. Mama stopfte Fridos angebissenes Schokostreuselbrot in eine Dose und scheuchte ihn erst zum Zähneputzen und dann ins Auto, weil sie spät dran waren. Mama hatte nämlich vor lauter Aufregung Kaffee auf ihre weiße Bluse geschüttet, gleich zweimal! Für sie wäre es auch besser gewesen, einfach im Bett zu bleiben, fand Frido.

Elternsprechtag ging so: Jedes Kind musste alleine mit seinen Eltern zu Frau Klawitter – die Klassenlehrerin der 4a. Frau Klawitter wartete hinter ihrem Pult im Klassenzimmer. Und wenn man mit seinen Eltern vor ihr saß, sagte sie etwas über einen. Über Frido sagte sie vieles, das nicht so toll klang: »Zu viel Fantasie«, »zu viele Eselsohren«, »zu wenig Ehrgeiz«, »zu wenig Konzentration«, »kommt immer zu spät«, »macht nie die Hausaufgaben«. »Frido **muss** lernen, die Zahlen in die Kästchen zu schreiben!«, sagte sie. Und: »Fridolin ist für einen Viertklässler viel zu verspielt!« Frau Klawitter guckte dabei streng, und kurz darauf guckte sie noch strenger, weil Fridos Papa nämlich sagte:

»Vielleicht ist Ihr Unterricht langweilig.«

Und Fridos Mama guckte auch sehr streng, scharf aus den Augenwinkeln, als ob sie Fridos Papa mit einem Laserstrahl aus ihren Augen in die Ecke des Klassenzimmers lasern wollte. Weil das nicht ging, trat sie ihm unter dem Tisch gegen das Schienbein. Und dann sagte Frau Klawitter das wirklich Schlimme. Sie hätte Frido auch mit einem Boxhieb niederstrecken können, denn genauso fühlte es sich an. Sie sagte: »Fridolin ist jedenfalls kein Kind fürs Gymnasium!«

Es wäre eigentlich besser gewesen, Frau Klawitter hätte ihn wirklich mit einem Boxhieb niedergestreckt. Denn dann hätte Papa die Polizei gerufen, und die hätte Frau Klawitter abgeführt und Mama hätte Frido getröstet und ihm zum Abendbrot Pfannkuchen mit Schokostreuseln gemacht. Stattdessen sagte sie jetzt:

»Frido geht ab sofort dreimal in der Woche zur Nachhilfe, dann schafft er es vielleicht noch aufs Gymnasium.«

Sie saßen inzwischen im Auto und brachten Papa zum Bahnhof, weil der irgendwo bei einem Umzug helfen musste. Papa hatte eine Menge Jobs, Umziehen war nur einer davon. Mama fand das nicht so richtig gut. Sie fand es besser, nur **eine** Arbeit zu haben, so wie sie selbst. Sie arbeitete in irgendeinem Büro. Von dort brachte sie immer viele Akten mit nach Hause. Ein paar davon piksten Frido jetzt in den Oberschenkel. Am liebsten hätte er sie vom Sitz neben sich geschubst, weil Mama das mit der Nachhilfe gesagt hatte. Es war ja nicht so, dass Frido nach den Sommerferien **nicht** aufs Gymnasium wollte. Klar wollte er das. Echt wahr! Schließlich würde Emil auch aufs Gymnasium gehen und Emil war Fridos bester Freund. Aber noch mehr Nachhilfe wollte er nun wirklich nicht.

»Dann hab ich doch gar keine Zeit mehr zum Spielen!«, rief Frido. Das hätte er aber gar nicht machen müssen, weil Papa schon sagte, dass Mama einen Knall habe.

»Dreimal in der Woche zur Nachhilfe, in der vierten Klasse, geht's noch?«, fragte er und meinte das gar nicht als Frage. Und Mama rief ziemlich laut:

»Mann! Es geht doch um Fridos Zukunft!« Frido hielt sich die Ohren zu. Er wusste, was jetzt kam. Sein Papa wohnte zwar schon lange nicht mehr bei ihnen, aber Mama und Papa stritten sich trotzdem ständig und meistens ging es dabei um Frido. Durch die auf die Ohren gepressten Handflächen drangen Wortfetzen: »Verantwortung«, »Bescheuert!«, »Zukunft«, »null Ahnung«, »selber keinen Plan« und so weiter. Dann machte Mama eine Vollbremsung, weil die Ampel plötzlich rot war. Fridos Hände flogen von den Ohren und er hörte Papa brüllen: »Ach so, ja, klar: Loser-Vater gleich Loser-Kind, oder was?!« Frido stiegen die Tränen in die Augen.

Und als Mama zurückbrüllte: »Eben nicht! Genau das will ich verhindern!«, riss Frido die Autotür auf, sprang auf die Straße und rannte blindlings los. Er wollte einfach nur weg.

Er rannte, so schnell er konnte, also **sehr** schnell. Denn auch wenn Frau Klawitter fand, dass Frido gar nichts konnte, gab es ein paar Dinge, die er ziemlich gut konnte. Dazu gehörte rennen. Er war flinker als sein Papa, der ihm hinterherlief.

Frido rannte erst geradeaus, dann schlug er einen Haken nach rechts und dann einen nach links, bis er bemerkte, dass er sich auf einem Jahrmarkt befand. Die Buden waren um diese Uhrzeit noch verschlossen und die Fahrgeschäfte standen still. Nur Papa rief: »Frido! Wo bist du? Komm zurück!« Frido flitzte wieder los, denn er wollte weder Papa noch Mama sehen, die all die gemeinen Sachen gesagt hatten. Er steuerte geradewegs auf ein Zelt zu, über dessen Eingang ein Schriftzug angebracht war. »DAS MAGISCHE SPIEGEL-LABYRINTH«, buchstabierte Frido, bevor er an der nicht besetzten Kasse vorbei hineinsauste.

Spiegellabyrinthe sind, wie jedes Labyrinth, dazu da, dass man sich darin verirrt. Frido tastete sich durch die Gänge, stieß sich dabei dreimal die Birne – und hatte nach ein paar Runden keinen Schimmer mehr, wo er sich eigentlich befand. Darüber vergaß er die gemeinen Sachen, die seine Lehrerin und seine Eltern gesagt hatten. Immer tiefer schien es ihn in das Labyrinth hineinzuziehen. Frido wurde langsam mulmig. Was, wenn er nie wieder herausfand?

Er atmete auf, als er plötzlich aus der Enge der Spiegelgänge in einen schummrigen Raum stolperte. Und dann war da diese Tür. Im ersten Moment hielt Frido sie für einen Hinterausgang. Doch weil sie nur angelehnt war, bemerkte er die Dunkelheit hinter dem Türschlitz. Plötzlich hatte er das Gefühl, dass äußerste Vorsicht geboten war. Irgendetwas ließ Fridos Beine vorwärtsgehen! Wie magnetisch zog ihn die Tür an. Nach dem dritten Schritt blieb ihm fast das Herz stehen, weil es hinter der Tür plötzlich hell wurde. Es war ein komisches Licht, als sei ein riesiger grüner Leuchtstift angeknipst worden. Grüne Schleimmonster, giftige Chemikalien, Außerirdische, weglaufen, dachte Frido. Aber sein rechter Fuß machte noch ein Schrittchen vorwärts und trat in den Raum. Es war eine Art Abstellkammer. Staubig war es hier. Und dunkel. Bis auf das unheimliche Leuchten. Es ging von einem riesigen Spiegel aus, in dessen Holzrahmen lauter unheimliche Fratzen eingeritzt waren. Sie glotzten Frido mit großen Glupschaugen an. Auf dem Spiegel stand in leuchtenden grünen Buchstaben: »ENTDECKE DEIN PERFEKTES ICH!« Frido starrte auf den Schriftzug und las ihn noch einmal, Buchstabe für Buchstabe. Vorsichtshalber. Schließlich war er nicht unbedingt der Typ, der Lese-Wettbewerbe gewann. »ENTDECKE. DEIN. PERFEKTES. ICH!«

Wenn so etwas auf einem Spiegel steht, erwartet man, dass es etwas Besonderes zu entdecken gibt. Etwas, das nicht aussieht wie der Junge, der einem jeden Morgen beim Zähneputzen verschlafen aus dem Spiegel entgegenblinzelt. Aber als Frido in den Spiegel starrte, sah er genau den zehnjährigen Jungen mit verstrubbelten Haaren, den er nur zu gut kannte. Und jetzt fiel ihm auch wieder ein, dass er sich gerade überhaupt nicht »perfekt« fühlte, sondern ziemlich niedergeschlagen. Wegen der Klawitter und Mama und Papa.

»Loser!«, blaffte Frido sein Spiegelbild an. »Von wegen ›perfekt‹!« Er sah im Spiegel, wie sich seine Gesichtszüge verzerrten. Ihm stiegen nämlich schon wieder Tränen in die Augen, und da wurde er so wütend, dass er gegen den Spiegel trat.

PLONG, sprang im Rahmen des Spiegels eine kleine Klappe auf. Dahinter glühte ein rotes Drachenauge. Frido riss die Augen auf und sah, dass es sich bei dem Drachenauge um einen Knopf handelte. Schon steuerte sein ausgestreckter Zeigefinger wie von selbst darauf zu. Frido konnte nicht anders. Er drückte ihn in die Versenkung.

Im ersten Moment passierte – nichts. Doch dann stockte Frido der Atem. Sein Spiegelbild hob die Hand. Frido schielte unauffällig an sich herunter: **Seine** Arme hingen schlaff an seinem Körper herab! »Zu viel Fantasie!«, sagte Frau Klawitter in seinem Hinterkopf. Doch Frido sah es ganz deutlich: Der im Spiegel winkte ihm zu. Frido wich einen Schritt zurück. Sah sich um. Das musste ein spezieller Trickspiegel sein. Schließlich hieß es ja auch: Das **magische** Spiegellabyrinth! Frido kniff die Augen zusammen. Er streckte seine Hand aus, um prüfend gegen die Scheibe zu fassen. Er erschrak. Seine Hand glitt durch die Scheibe wie durch Wackelpudding! Blitzschnell zog Frido sie zurück. Sein Herz klopfte wie zehn Presslufthämmer auf einmal. Doch er **musste** seine Hand noch einmal zum Spiegel führen! Erneut glitt sie durch die silbrige Oberfläche auf sein Spiegelbild zu. Und plötzlich – ZACK! – ergriff der Frido im Spiegel Fridos Hand. Fridos Atem setzte aus. Seine Gedanken setzten aus. Frido konnte nicht mal schreien. Wie gelähmt sah er, wie der andere sich an seiner Hand aus dem Spiegel zog. Als er vor ihm stand, ließ er Fridos Hand los, die blieb, wo sie war. Sie schwebte einfach in der Luft. »Du kannst den Mund jetzt wieder zumachen«, sagte Fridos Spiegelbild. Frido rührte sich nicht. Der andere verdrehte die Augen und verbeugte sich steif, wie Männer es in Karatefilmen tun, bevor sie den anderen mit ein paar gezielten Fußtritten k. o. setzen. »Gestatten? Zu deinen Diensten. Ich kann alles, was du nicht kannst. Ich bin du in perfekt.«

Endlich brach das Entsetzen aus Frido hervor. Es drängte mit einem gewaltigen Schrei aus Fridos erstarrtem Körper. Er stieß sein sprechendes Spiegelbild mit seiner ganzen Kraft in den Spiegel, rammte den Knopf wieder in die Versenkung und rannte – immer noch schreiend –, so schnell ihn seine Beine trugen, aus dem Raum.

Frido hörte erst wieder auf zu rennen, als er gegen ein Hindernis stieß. Er schlug blind um sich, wild entschlossen, keinem Widersacher sein Leben kampflos zu überlassen, bis jemand seine Arme festhielt. Papa?

»Mensch, Frido!« Das war Mamas Stimme. Jetzt sah er sie auch. Undeutlich.

»Du kannst doch nicht einfach wegrennen.« Das war wieder Papa.

»Wir haben uns Sorgen um dich gemacht.« Mama. Frido schaute sich gehetzt um. Wurde er verfolgt? »Frido!« Fridos Gesicht wurde zwischen Hände genommen und in die andere Richtung gedreht. Er schaute direkt in Mamas Gesicht. »Ist alles in Ordnung mit dir?«

»Da …«, versuchte Frido zu sagen und zeigte zum Spiegellabyrinth. Mama nahm ihn in die Arme. »Aber da …«, sagte Frido. Mama legte ihre Hand auf seine Stirn und fühlte, ob er Fieber hatte. »Da war ein Spiegel, der hat … Da war … Ich wollte gar nicht, aber der hat …«, Frido holte einmal tief Luft, weil das manchmal half: »Mein Spiegelbild ist da rausgekommen!« Frido sah, wie Papa und Mama einen Blick wechselten. »Zu viel Fantasie«, sagte dieser Blick. »Hey, komm, du warst halt aufgeregt«, sagte Papa. »Wir waren ja auch echt blöd.«

»Wir gehen jetzt nach Hause, okay?« Mamas Stimme klang sanft und besorgt. Frido ließ sich mitziehen. Erst jetzt fiel ihm auf, dass er aus dem Labyrinth einfach so nach draußen gefunden hatte. Ohne sich auch nur ein Mal zu verlaufen. Gespenstisch.

Als er sich ein letztes Mal umschaute, sah er eine Gestalt im Eingang des Spiegellabyrinths. Es war ein Mann. Er trug einen hohen Hut und einen langen Mantel und schaute ihn direkt an. Frido bekam eine Gänsehaut. Aber Mama und Papa zogen ihn weiter.

»Hey, Großer, ich hab Karten fürs Stadion am Wochenende«, sagte Papa. Er hörte sich so an, wie sich Fridos Eltern immer anhörten, wenn Frido wegen »zu viel Fantasie« aufgeregt war. Es war völlig klar: Ein lebendiges, sprechendes Spiegelbild würden ihm weder Mama noch Papa jemals abnehmen.

*

An diesem Abend brauchte Frido lange, bis er sich ins Badezimmer traute. Doch der Junge, der ihm aus dem Spiegel entgegensah, benahm sich ganz normal. Er tat, was Frido auch tat, und sah dabei ziemlich harmlos aus. Wie Frido eben. Plötzlich war sich Frido nicht mehr sicher, ob er am Nachmittag vielleicht diese Sache mit dem komplizierten Namen gehabt hatte. Hallozi… Hazzulli… Halluzination. Das ist, wenn man etwas sieht und hört, was gar nicht da ist. Emil hatte ihm davon erzählt. Der kannte sich damit aus, weil seine Mutter, Frau Langhals-Diestelmeier, ständig Gefahren sah, die nicht da waren. Aber Emil war ohnehin unheimlich klug. Und deshalb würde Frido ihm die ganze Sache morgen erzählen und bestimmt würde Emil etwas Schlaues dazu einfallen. Frido machte das Licht aus und ging zu Bett. Den Elternsprechtag hatte er ganz vergessen.

EINE SCHLECHTE NOTE UND EINE GUTE IDEE

Leider kam Frido am nächsten Morgen nicht dazu, Emil einzuweihen, weil zu viel dazwischenkam. Die Erste war Emils Mama. Die kam eigentlich jeden Tag dazwischen. Weil sie dafür sorgte, dass Emil niemals Zeit hatte. Emil hatte mehr Termine in einer Woche, als es Eissorten in Fridos Lieblingseisdiele gab. Emil musste zweimal pro Woche zum Geigenunterricht, zweimal zur Chinesisch-AG und zweimal zur Mathe-AG. Außerdem hatte er an mindestens zwei Nachmittagen Ärgertherapie (es hieß eigentlich Ergotherapie, aber weil Emil nicht gerne hinging, fand Frido »Ärgertherapie« passender). Die restlichen Nachmittage verbrachte Emil mit Üben von Aufgaben, die erst auf dem Gymnasium drankamen. Damit Emil das ganze Programm schaffte, holte seine Mutter ihn nach der Schule ab. Und brachte ihn morgens auch hin, und zwar bis an sein Pult! Jeden Morgen. Meistens hielt sie einen Schirm über ihn – auch, wenn es nicht regnete. Vielleicht, dachte Frido, hatte sie Angst, etwas könnte Emil auf den Kopf fallen. Zum Beispiel ein Flugzeug, dem der Sprit ausging.

Frido fand auf jeden Fall, Frau Klawitter hätte sich mal um das »zu viel Fantasie« von Frau Langhals-Diestelmeier kümmern sollen. Eine Mutter, die einem auf dem Schulhof Taschentücher in die Hand drückt und dabei laut sagt: »Für den Fall, dass du groß musst und kein Papier mehr da ist, Emil-Leopold«, ist nämlich peinlicher als ein offener Hosenstall. Aber auf Frau Klawitter konnte man hier nicht zählen. Deshalb nahm Frido wie jeden Morgen mit seinem Fahrrad Anlauf, sauste auf das dicke Auto von Emils Mutter zu und kickte im Vorbeifahren mit Karacho gegen den Reifen.

HUIHUIHUIHUIHUI – heulte der Alarm los. Schon eilte Emils Mutter mit hektischen Flecken im Gesicht an Frido vorbei, um den Alarm zu stoppen. Und Frido flitzte mit Emil schnell in die Schule.

»Wie nennt man eine Tüte mit Blaulicht?«, fragte Emil und grinste Frido an.

»Eine Tatüte!«, sagte Frido und grinste zurück. Dann begann er, Emil von seinem sonderbaren Erlebnis zu erzählen. Aber weiter als »Du, gestern ist mir was echt Gruseliges passiert …« kam er nicht. Denn Frau Klawitter wartete schon vor dem Klassenzimmer auf sie. Beinahe wären Frido und Emil, die auf Socken um die Wette über den Fußboden geschlittert waren, in die Lehrerin hineingerauscht. Frido konnte gerade noch stoppen, während Emil von der Garderobe gebremst wurde. Frau Klawitter hielt die Deutscharbeit in der Hand. BINGO, dachte Frido und grinste Emil an, der sich aus dem Jackengewühl kämpfte. Wenn Frau Klawitter extra mit der Arbeit VOR dem Klassenzimmer auf sie wartete, konnte das nur heißen, dass sie etwas SEHR Besonderes zu sagen hatte. Sicher würde sie all die gemeinen Dinge vom Elternsprechtag zurücknehmen. Denn es war ja logisch, was das Besondere war: Auf dieser Arbeit würde eine Eins prangen, schließlich hatten Emil und Frido heimlich die Blätter getauscht und Emil hatte die Deutscharbeit für Frido geschrieben.

Drei Sekunden später starrte Frido fassungslos auf das Papier. »Eine Sechs? Aber …« Er tauschte einen Blick mit Emil. »Das war doch bestimmt alles richtig!« Frau Klawitter zeigte nur stumm auf etwas in der oberen, rechten Ecke des Blattes. Dort stand mit leichtem Bleistiftstrich gekritzelt: Emil Diestelmeier. Man konnte es kaum sehen – deshalb hatten Emil und Frido wohl auch vergessen, Emils Namen wegzuradieren. Vor Schreck fiel nicht mal Emil etwas Kluges ein. Und dann sagte Frau Klawitter:

»So wird das nichts mit dem Gymnasium, Fridolin!«

Darüber vergaß Frido völlig, dass er Emil eigentlich etwas erzählen wollte. Bis zur großen Pause. Und da kam er auch nicht dazu. Weil Emil etwas Blödes zu Frido sagte.

»Du musst dich halt ein bisschen mehr anstrengen, Frido«, sagte Emil und kaute auf einem seiner supergesunden Brote herum. Solche Sätze sagen Mütter oder Väter. Oder Lehrerinnen. Oder Nachhilfelehrer. Der beste Freund sollte so einen Satz aber nicht zu einem sagen. Frido zeigte Emil, dass er ihn gemein fand, indem er die Arme vor der Brust verschränkte und finster guckte. Als ob **er** sich **nicht** anstrengte!

»Mann, Frido, wir müssen doch zusammen aufs Gymnasium! Wir müssen doch zusammenbleiben!«, sagte Emil. Als ob **er**, Frido, **nicht** mit Emil zusammenbleiben wollte!

»Mann, Frido!«, sagte Emil noch einmal. »Wenn man etwas will, muss man auch etwas dafür tun.«

Frido merkte, wie er langsam wütend wurde. Etwas in seinem Bauch krampfte sich zu einem steinharten Klops zusammen. »Dir fehlt nur die richtige Technik. Mit der richtigen Technik geht Lernen ganz leicht. Wetten, der Schleimbold bringt dir die bei?«, redete Emil weiter.

»Der Schleimbold stinkt!«, brach es aus Frido hervor. Das stimmte. Der Schleimbold hieß eigentlich »Herr Seibert« und war Fridos Nachhilfelehrer. Er hatte tellergroße Schweißflecken unter den Armen und Mundgeruch. Frido fragte sich, ob man mit Mundgeruch eigentlich töten könnte. Sicherheitshalber hielt Frido immer die Luft an. Was dazu führte, dass er noch schlechter denken konnte. Sollte sich doch Emil ab sofort dreimal pro Woche vom Schleimbold-Mundgeruch einnebeln lassen! Bevor Frido Emil das an den Kopf werfen konnte, kam Sebi und sagte: »Hey, Frido, aufs Gymnasium geh'n eh nur Streber.« Und dann sagte er: »Stimmt's, Emil-Leopold?« Sebi war auch in der 4a und hatte die Deutscharbeit ebenso verhauen und jetzt warf er Emil einen Basketball zu. »Fang!«, rief er, dabei wusste er ganz genau, dass Emil den Ball niemals fangen würde. Vielleicht lag es daran, dass Emils Gehirn so superschnell war. Da blieb für den Körper nicht genug Schnelligkeit übrig. An Emils schlechten Augen lag es zumindest nicht. Die guckten nämlich schon durch eine Brille. Und genau die flog jetzt von Emils Nase, als der Ball hart gegen seine Stirn dotzte.

»Lass Emil in Ruhe«, rief eine Mädchenstimme. Emil-Verteidigung war sonst Fridos Aufgabe. Aber heute war Dunja ihm zuvorgekommen. Vermutlich, weil sie **auch** schlau genug fürs Gymnasium war und Sebis Bemerkung über Streber sie ärgerte. Dunja habe Augen wie Mandeln, hatte Emil mal gesagt, und dass sie so ziemlich das hübscheste Mädchen aus der 4a sei. War Frido bis dahin gar nicht aufgefallen, aber es konnte sein, dass Emil recht hatte.

»Bist du jetzt etwa verknallt in den?«, fragte Sebi Dunja und zeigte auf Emil, der sich gerade seine Brille wieder auf die Nase setzte. Emils Nase hatte plötzlich die Farbe einer Hagebutte, und das Gesicht drum herum auch. Das lag nicht an dem Ball. Emil wurde noch röter, als Dunja sagte:

»Spinnst du? Emil kann sich halt nicht wehren.« Emil starrte plötzlich intensiv auf den Boden, als hoffte er, dort ein Loch zu finden, in dem er verschwinden könnte. Frido funkelte Sebi böse an, und der zog eine Fratze und sagte zu Frido, als hätten sie die ganze Zeit über nichts anderes geredet: »Und du kannst heute Nachmittag echt nicht mit?« Frido schüttelte den Kopf. »Aber morgen wieder?« Frido schüttelte erneut den Kopf.

»Ich hab jetzt dreimal in der Woche Nachhilfe.«

»Mist«, sagte Sebi.

Ja, Mist, dachte Frido. In Zukunft würden Sebi und Dunja ohne ihn an ihrem Geheimplatz herumhängen und den ganzen Spaß alleine haben. Denn eins war ja klar: Wenn er seiner Mama das mit der Sechs sagte, würde es schlimm werden. Erst wäre sie traurig. Und dann müsste er bestimmt JEDEN Tag in die Nachhilfe. Statt auf dem Gymnasium wäre er dann bald unter der Erde. Auf seinem Grabstein würde stehen: »Ging an Mundgeruch zugrunde.« Oder an Langeweile. Für einen Moment standen die vier beieinander, als sei schon jetzt jemand gestorben.

»Egal, wie leer du bist, es gibt Menschen, die sind Lehrer«, versuchte Sebi Frido mit einem Flachwitz aufzuheitern. Frido verzog keine Miene. Ihm war nicht zum Lachen zumute.

»Man müsste sich eben klonen können.« Frido horchte auf. Hatte er das gedacht? Nein, Dunja hatte das eben gesagt.

»Meint meine Mama. Dann hätte sie ein Ich, das für sie in die Nachtschicht geht. Und eins, das für uns kocht und meine Schwester abholt. Und sie selbst könnte einfach mal faul auf dem Sofa liegen.« Da klingelte plötzlich etwas. Es war nicht nur der Pausengong. Es bimmelte auch laut und schrill in Fridos Kopf. Er hatte eine Idee. Eine so verwegene Idee, dass ihm ganz schlecht davon wurde.

KEIN PAKT OHNE REGELN

Frido hatte schon Glibberknie, als er den komischen Mann im Kassenhäuschen entdeckte, der ihm bei seinem letzten Besuch hinterhergeschaut hatte. Frido erkannte ihn sofort an seinem hohen Hut. Das war bestimmt der Besitzer des Spiegellabyrinths. Frido zögerte kurz, doch dann setzte er das unschuldigste Gesicht auf, das er auf Lager hatte, und trabte so lässig wie möglich zum Eingang des Spiegellabyrinths. Dort baute er sich vor dem Kassenhäuschen auf. Der Mann sah Frido durchdringend an. Wie mit Scanneraugen, die jeden einzelnen Gedanken in seinem Kopf abtasteten. Frido versuchte, nichts zu denken, und sagte: »Einmal, bitte.« Als würden ihm nicht gerade die Beine wegsacken.

Dieses Mal fand Frido den schummrigen Raum auf Anhieb. Die Inschrift über dem Spiegel leuchtete auf, kaum dass Frido durch den Türschlitz geschlüpft war. Er näherte sich der Spiegelfläche mit angehaltenem Atem – für den Fall, dass sein Spiegelbild ihm mit einem

Kampfschrei entgegenspringen würde. Wer konnte schon wissen, wie es sich dieses Mal benehmen würde? Zunächst verhielt es sich ganz unauffällig. Klar, Frido hatte ja noch nicht den Knopf gedrückt. Vorsichtig schob Frido die Klappe über dem Drachenauge mit der Hand beiseite. Sein Finger zitterte, als er über dem Knopf schwebte. Er dachte, dass er Emil hätte einweihen sollen. Aber dann fiel ihm ein, dass er sauer auf Emil war. »Du musst dich eben auch mal ein bisschen anstrengen«, äffte er ihn nach. Entschlossen drückte er auf den Drachenaugenknopf. Die Spiegelfläche fing an zu wabern und der Frido im Spiegel streckte die Hand nach Frido aus! Es war also keine Halluzi-Dings gewesen! Nicht kneifen, feuerte Frido sich selbst an und schob vorsichtig seine Hand durch die Spiegeloberfläche. Sofort schlang sich die kalte Flosse des anderen um seine Finger wie ein Tentakel. Vielleicht war das alles doch keine gute Idee!, schoss es Frido durch den Kopf. Er wollte seine Hand zurückziehen, doch der andere ließ nicht los! Frido warf sich mit ganzer Kraft nach hinten. Ein Fehler, denn – WUMMS – fiel etwas auf ihn drauf. Es war sein Spiegelbild, das Frido mit aus dem Spiegel gezogen hatte. Es richtete sich auf, klopfte sich den Staub von der Kleidung und streckte Frido, der immer noch benommen am Boden saß, die Hand hin. Doch der rappelte sich sicherheitshalber lieber alleine auf. Als sie sich gegenüberstanden, verbeugte sich das Spiegelbild:

»Gestatten? Zu deinen Diensten. Ich kann alles, was du nicht kannst. Ich bin du in perfekt.« Vielleicht war der Spiegel-Frido ein Automat, der nur diesen einen Satz konnte?, überlegte Frido, der sich inzwischen vom ersten Schreck erholt hatte. Mit respektvollem Abstand ging er um den anderen herum, er wollte ihn von allen Seiten betrachten. Am liebsten hätte er ihn nach Waffen abgeklopft, so wie es die Gangster in Filmen machen, wenn sie andere Gangster gefangen nehmen. Aber dazu hätte er den anderen erstens berühren müssen und zweitens wollte er nicht zu unfreundlich wirken, schließlich hatte der Spiegel-Frido ihm nichts getan. Probehalber stellte er eine Frage: »Wie meinst du das mit ›zu meinen Diensten‹ und ›perfekt‹ und so?«

»Ich kann alles, was du nicht kannst«, antwortete der andere prompt. Ja. Das war jetzt auch nichts Neues.

»Aha«, sagte Frido und ging es direkter an: »Meinst du zum Beispiel, du kannst Mathe und Grammatik und Sachunterricht und so was?«

»Natürlich. Ich kann auch sonst alles, was du nicht kannst. Ich kann mich konzentrieren, ich habe ein hervorragendes Gedächtnis, ich bin äußerst diszipliniert …« Der Spiegel-Frido hielt inne, als er sah, dass Frido den Inhalt seines Schulranzens auf den Boden kippte. Angebissene Äpfel, eine muffelige Bananenschale, zerknickte Hefte, zerkratzte Fußballkarten und zwei zerschlissene Bücher kamen zum Vorschein. Der Spiegel-Frido verzog das Gesicht. »Außerdem bin ich sehr ordentlich«, sagte er, als Frido sich wieder aufrichtete. Frido hatte gefunden, was er gesucht hatte. Seinen Taschenrechner.

»Okay«, sagte Frido, während er das Gerät aufklappte. »Wie viel ist, ähm … fünf plus dreizehn?« Er tippte die Zahlen ein.

Der Spiegel-Frido verdrehte die Augen. »Achtzehn.«

Frido starrte auf das Display. »Stimmt«, sagte er.

»Natürlich«, sagte der andere und verdrehte noch einmal die Augen. Frido beugte sich über seinen Taschenrechner, tippte und richtete sich wieder auf:

»Und wie viel ist fünfundsiebzig plus dreiundachtzig?«, fragte er.

»Hundertachtundfünfzig«, antwortete der andere müde.

»Und was ergibt fünf mal siebzehn?«, setzte Frido schnell nach.

»Fünfundachtzig«, kam es postwendend zurück. »Über das kleine und das große Einmaleins bin ich schon längst hinaus«, sagte der Spiegel-Frido. »Frag mich was Schwierigeres!«

»Ähm … krass.« In Fridos Kopf rotierten ganz viele Fragen. Er ließ den Taschenrechner sinken. »Bist du wirklich echt? Ich meine, gibt's dich wirklich?«

»Das waren zwei Fragen, die dasselbe bedeuten. Außerdem sind sie nicht besonders schwierig zu beantworten. Aber ja. Ich bin echt.« Frido musste das alles erst mal verdauen. Das dauerte dem anderen anscheinend zu lange. Er sagte: »Gut, dann hätten wir das geklärt.« Er lächelte Frido an. »Können wir jetzt gehen?« Frido war verwirrt. Wie? Wohin denn jetzt gehen? Das hatte er noch nicht laut ausgesprochen, aber der andere antwortete, als könne er Gedanken lesen: »Zu dir nach Hause.« Und als Frido immer noch nicht reagierte, sagte er: »Ich nehme doch an, ich soll für dich in die Schule gehen, oder warum bist du hier?«

So einfach hatte Frido sich das nicht vorgestellt. Er war immer noch ganz benommen, als er mit roter Birne in die Pedale trat. Es ging schwerer als sonst, immerhin hatte er einen zweiten Frido in seinem Fahrradanhänger. Er schaute sich immer wieder um. Ihm kam das alles so unwirklich vor, dass er damit rechnete, seine seltsame Fracht würde sich jeden Augenblick in Luft auflösen. Aber die Beule unter der Schutzplane im Anhänger blieb. Der andere hatte darauf bestanden, sich zu verstecken. »Es gibt übrigens ein paar Regeln«, wisperte er hinter Frido aus dem

Anhänger heraus. Regeln mochte Frido nicht besonders, sie waren meistens schwer zu behalten. Rechtschreibregeln zum Beispiel konnte Frido sich einfach nicht merken. Aber bald würde die Welt ja über einen Frido staunen, der sich **alles** merken konnte. Emil würde er natürlich einweihen, aber … – »Regel Nummer eins: Niemand darf von mir erfahren!«, tönte es hinter Frido. Frido bremste und schaute sich um. Er fand es schon ein wenig unheimlich, dass der andere das genau in dem Augenblick sagte, als er über Emil nachdachte. Außerdem war doch klar, dass niemand bis auf Emil wissen durfte, dass der neue Frido gar nicht Frido war.

»Emil ist mein bester Freund, weißt du?«

»Niemand!«, kam es knapp zurück. »Mitwisser erhöhen die Gefahr, aufzufliegen.« Na ja, das klang irgendwie einleuchtend, aber … Frido kam nicht dazu, sich einen guten Einwand einfallen zu lassen. Ihm rutschte nämlich gerade die Kinnlade bis auf den Gehweg. Er starrte auf die Wand des Supermarktes, vor der er gebremst hatte. Die Wand war verspiegelt. Darin spiegelten sich Fridos Fahrrad, die geparkten Autos, die Bäume und der Altglascontainer hinter Frido. Nur Frido, der spiegelte sich nicht! – »Regel Nummer zwei: Spiegel sind unbedingt zu meiden«, raunte es aus Fridos Anhänger heraus. Frido japste nach Luft. Er starrte auf die verspiegelte Supermarktwand. Klar, dachte er, mein Spiegelbild sitzt hinter mir im Anhänger unter der Abdeckplane. Da kann es ja nicht mehr im Spiegel sein. Doch die Erklärung machte den Anblick nicht weniger unheimlich. Frido sah zu, dass er von hier wegkam. Er versuchte, sich auf seine Füße zu konzentrieren, die in die Pedale traten. »Regel Nummer drei«, flüsterte der Spiegel-Frido, als Frido vor seiner Haustür hielt: »Wir dürfen niemals zusammen gesehen werden.«

FANNKUCHEN MIT KRÄMM BRÜHÄLLÄH

»Na toll, wie soll das denn gehen, wenn du bei uns wohnst?« Frido ärgerte sich ein wenig, dass er bis jetzt nicht darüber nachgedacht hatte. Emil wäre das sicher sofort eingefallen. Frido schloss die Wohnungstür auf und sah zum Flurfenster, um zu prüfen, ob er sich wirklich nicht spiegelte. Kein Frido zu sehen. Vielleicht war das mit seinem Doppelgänger nicht nur keine gute Idee, sondern eine richtig blöde Idee gewesen? Zum Glück kam Mama erst in einer Stunde nach Hause, da hatte Frido Zeit, über alles nachzudenken. Er könnte den anderen immer noch bitten, lieber wieder zu verschwinden. Frido sah sich um. Wo steckte der Spiegel-Frido überhaupt? War der etwa schon in der Wohnung? Schnell schlüpfte Frido durch die offene Tür und schloss sie hinter sich.

Frido starrte in den Flur.

Niemand da. Das Einzige, was er sah, waren zwei ordentlich zusammengestellte Schuhe an der Garderobe. Die gleichen, die er eben von

seinen Füßen schleudern wollte. Irritiert ging er weiter in die Wohnung hinein, als er aus der Küche hörte: »Frido, deck bitte den Tisch.« Mama! Was machte die denn schon hier? »Das Essen ist fertig. Ich bin heute etwas früher nach Hause gekommen.« Mist. Frido wollte schon etwas antworten, da kam ihm eine Stimme, genau genommen **seine eigene!** Stimme, zuvor:

»Aber sehr gerne, Mama.« Das war der andere!

Frido blieb wie vom Blitz getroffen stehen. Vorsichtig lugte er um die Ecke in die Küche. Tatsächlich. Sein Doppelgänger stand vor Mama in der Küche und nahm eben Teller und Besteck entgegen.

»Es gibt Fisch«, hörte er seine Mama sagen. Unwillkürlich verzog Frido den Mund. Ich hasse Fisch, dachte er. Und ärgerte sich eine Sekunde später, dass er jetzt so etwas Blödes dachte. Er hatte wirklich andere Probleme! Vorsichtig reckte er seinen Hals.

»Ich liebe Fisch«, lächelte sein Spiegelbild Mama an. Doch die lächelte nicht zurück. Frido hielt die Luft an. Mama wusste natürlich, dass Frido keinen Fisch mochte. Und deshalb wusste sie auch sofort, dass etwas nicht stimmte:

Sie sagte nämlich: »Jetzt tu nicht wie Tulpe, Frido!« Damit meinte Mama, Frido habe etwas ausgefressen, tue aber so, als sei er der bravste Junge der Welt. Am besten war es, gleich alles zuzugeben. Er wollte gerade in die Küche hasten, als Mama sagte: »Herr Seibold hat vorhin angerufen. Er sagt, du warst heute nicht in der Nachhilfe.« Frido bremste. Die Nachhilfe! Die hatte er komplett vergessen. Mama ahnte also gar nichts. Sie war wegen der Nachhilfe sauer! (Und deswegen vielleicht früher nach Hause gekommen.) WUMMS!, stellte sie den Topf ziemlich laut auf den Tisch. »Frido?!« Sie starrte den Spiegel-Frido an. Ihre Augen funkelten. Der Spiegel-

Frido rupfte sich in aller Ruhe ein großes Stück Küchenrolle ab und legte es sich ordentlich auf den Schoß. Dann hob er seinen Kopf und lächelte erneut. Das Lächeln kam Frido komisch vor. Als ob die Mundwinkel von unsichtbaren Fäden nach oben gezogen würden. Die Augen lächelten nicht mit. Vielleicht war der Typ doch so eine Art Roboter?

»Ich brauche keine Nachhilfe«, sagte der Spiegel-Frido.

»Frido! Ich glaub, es hackt! Du gehst da hin und basta!« FLATSCH!, landete ein Haufen Kartoffelbrei auf dem Teller vor dem Spiegel-Frido, dass es spritzte. So sauer war Mama!

»Wenn du Wert darauf legst, gehe ich selbstverständlich hin, liebe Mama«, sagte der andere und wischte sich einen Klecks Kartoffelbrei aus dem Gesicht. Mama hob den Kopf und musterte den falschen Frido. Aufrecht, als habe er einen Besen verschluckt, saß er an der vorderen Kante des Stuhles. Seine Ellenbogen schwebten über dem Tisch, als hingen auch sie an unsichtbaren Fäden. Wie eine feine Dame hielt er mit der Gabel den Fisch fest, trennte mit dem Messer ein kleines Stück ab und schob es auf die Gabel. Dann schwebte das Stück Fisch auf der Gabel in seinen Mund. Bei Frido purzelten die Stücke gerne auf halbem Weg wieder runter. Deshalb lümmelte er meistens über dem Teller. Mama mochte Lümmeln nicht. Kein Wunder, dass Mama seinen Doppelgänger so anstarrte.

»Allerdings ist es keine sinnvolle Investition. Denn wie gesagt: Ich **brauche** keine Nachhilfe. Ich schaffe die Schule ohne fremde Hilfe«, sagte der jetzt.

»Klar«, sagte Mama. Plötzlich sprang der andere vom Stuhl auf.

»Wetten, dass ich ab morgen der beste Schüler in der Klasse bin?!« Als hätte jemand einen Knopf am Rücken des Doppelgängers gedrückt, flog sein ausgestreckter Arm Mama entgegen. Die musste plötzlich lächeln.

»Mir würde es reichen, wenn du dich anstrengst, Frido. Und ich dich nicht immer zu deinen Hausaufgaben tragen muss.«

»Das wird ab jetzt nicht mehr nötig sein«, sagte der andere.

»Indianer-Ehrenwort?« Mama sah den Spiegel-Frido ernst an. Der guckte, als hätte sie irgendwas Seltsames gesagt.

»Ab heute hast du einen Sohn, der gerne lernt.«

»Okay ...« Mama runzelte die Stirn – logisch, denn welches Kind lernt schon gern?! Doch dann sagte sie: »Abgemacht.« Weil die Hand vom Spiegel-Frido immer noch vor ihr in der Luft schwebte, schlug sie ein und schüttelte sie. Die beiden sahen aus wie Politiker im Fernsehen, die irgendein wichtiges Papier unterschrieben hatten. Der Spiegel-Frido setzte sich wieder vor seinen Teller. Mama sagte:

»Ich weiß, dass es für dich nicht leicht ist, Frido. Aber es kommt sicher wieder eine Zeit, wo du mehr spielen kannst.« Sie wuschelte dem anderen über den Kopf.

»Ich lege keinen Wert auf Ablenkung«, sagte der und strich sich die Haare wieder glatt.

»Jetzt übertreib's mal nicht, Frido. Sonst denke ich noch, man hat dich ausgetauscht.« Frido schluckte. Doch dann lachte Mama. Es war, wie wenn die Sonne endlich hinter lauter dunklen Wolken hervorkommt. Frido entspannte sich. Deshalb merkte sein Magen wohl, dass er einen Bärenhunger hatte, und knurrte. So laut, dass Frido kurz Angst hatte, man könnte es bis in die Küche hören.

»Zur Feier des Tages gibt es Nachtisch. Du darfst dir was wünschen«, sagte Mama eben zum Spiegel-Frido.

»Nachtisch? Vor dem Zu-Bett-Gehen? Danke, aber ich glaube …« Der andere sah in den Flur, weil Frido aufgeregt mit beiden Armen in der Luft herumfuchtelte. Frido schnappte sich die vermasselte Deutscharbeit aus dem Schulranzen und kritzelte schnell etwas auf die Rückseite: »Fannkuchen mit Krämm Brühälläh«. Krämm Brühälläh war Fridos Lieblingspudding.

»Fannkuchen mit Krämm Brühälläh?«, las der Spiegel-Frido laut und guckte dabei, als hätte Frido was mit Nacktschnecken auf Spinnenbeinen geschrieben.

Als Mama ihren Kopf in den Kühlschrank steckte, um Eier, Milch und den Pudding zu holen, wechselte Frido mit seinem Doppelgänger schnell den Platz. Denn wie sich später herausstellte, konnte der Süßes auf den Tod nicht ausstehen. Echt wahr!

»Pfannkuchen mit Crème brûlée«, stand mit Rotstift über dem Gekritzel von Frido. Frido fand es ein wenig übertrieben, dass der andere den Zettel korrigiert hatte. Andererseits: Die komischen Striche auf den Es und das Dach auf dem U zeigten, dass Fridos Lieblingsnachtisch französisch war. Und dass der Spiegel-Frido auch Fremdsprachen konnte!

»Ich hab doch gesagt, ich bin du in perfekt«, sagte er, erstaunt, dass Frido so schwer von Begriff war.

Frido streckte seinen Kopf von unter dem Bett hervor und betrachtete den anderen, der mit der Nase in einem Schulbuch in Fridos Bett lag. Nach diesem Abend hielt Frido den anderen

doch für eine so gute Idee, dass er bereit war, für eine gewisse Zeit auf sein Spiegelbild zu verzichten und sich an Regel Nummer eins, zwei und drei zu halten: Niemand würde von seinem Doppelgänger erfahren. Spiegel würde er meiden. In der Wohnung war das einfach, weil der einzige Spiegel im Badezimmer hing. Und das konnte man abschließen. Und wegen Nummer drei – ›Wir dürfen niemals zusammen gesehen werden‹ – hatte Frido ein perfektes Versteck unter seinem Bett gebaut. Dort konnte sich einer von ihnen verbergen, wenn Mama da war. Und Frido würde dort in seinem Schlafsack die Nächte verbringen, denn der Spiegel-Frido durfte ab sofort in Fridos Bett schlafen. Schließlich war er zu Gast und musste morgens ausgeschlafen sein – für die Schule.

»Wie lange kannst du eigentlich bleiben? Also hier. Bei mir?«, fragte Frido. Der Spiegel-Frido klappte das Buch zu. Wieder lächelte er dieses Marionettenlächeln, das Frido daran erinnerte, dass er es nicht mit einem echten Menschen zu tun hatte.

»Solange du mich brauchst.«

Der Spiegel-Frido löschte das Licht. Frido kuschelte sich in seinen Schlafsack. Er grinste. Zum ersten Mal in seinem Leben freute er sich auf die Schule. Richtig schade nur, dass er Emil nichts erzählen durfte. Der würde sich vielleicht wundern.

UNHEIMLICH VIEL FREIE ZEIT

»What time is it?«, fragte Frau Klawitter und hielt eine große Pappuhr hoch, sodass alle in der Klasse die Zeiger sehen konnten. Sie standen auf neun Uhr. ZACK!, schnellte Fridos Arm hoch. Zumindest sah es für Frau Klawitter und alle anderen so aus, als ob es Fridos Arm sei, der in die Klassenzimmerluft ragte wie eine Antenne. Dabei bogen die Arme des echten Frido gerade die Zweige einer Hecke auseinander. Die Hecke befand sich vor der Schule, und zwar vor dem hintersten Fenster der 4a. Und in der Hecke saß Frido. Er trug eine selbst gebastelte Zombie-Maske und lugte vorsichtig durch die Zweige. Er wollte keine Sekunde von dem versäumen, was hinter dem Fenster passierte. Zum Glück war es gekippt, sonst hätte er überhaupt nichts hören können. Er sah Frau Klawitters überraschtes Gesicht und dass sie den Spiegel-Frido erfreut aufrief. Der sprang zu Fridos Irritation auf und stellte sich steif vor seinen Stuhl. Dann wollte er etwas

sagen, aber Emil lehnte sich zu ihm rüber und zischte ihm etwas zu. Frau Klawitter haute leicht auf ihr Pult. »Emil! So hilfst du Fridolin nicht. Dann kannst du es auch gleich laut sagen. Fridolin, sit down, please!« Das war jetzt nicht so gut gelaufen, fand Frido. Doch sein Doppelgänger blieb stehen.

»It's nine o'clock, Frau Kla…«, fing Emil kleinlaut an. Weiter kam er nicht.

»Emils Antwort stimmt nicht«, unterbrach ihn eine Stimme scharf, die Frido nur allzu bekannt vorkam. Sie gehörte dem Spiegel-Frido, den jetzt alle anstarrten. Auch Frido schluckte.

»Ach, nein?«, sagte Frau Klawitter.

»Nein«, antwortete der Spiegel-Frido.

»Also doch!« Unwillig schüttelte Frau Klawitter den Kopf. »›Nine‹ ist richtig! Aber im ganzen Satz lautet es …«

»Nein, ›nine‹ ist falsch!«, beharrte der Spiegel-Frido. Ein paar Kinder fingen an zu kichern. Juli mit den langen Zöpfen meldete sich und sagte:

»›Nine‹ ist richtig!«

»Nein, ›nine‹ ist falsch!«, wiederholte der Spiegel-Frido. Frido schluckte. Was machte der denn da?! Die Klasse wurde immer unruhiger.

Frau Klawitter rief: »Ruhe!« Dann sagte sie: »Fridolin, wenn du eine Antwort nicht weißt …«

»I beg your pardon, Mrs Klawitter, but I know all answers to all questions!« Das klang wie perfektes Englisch und kam schnell und scharf aus dem Spiegel-Frido hervorgeschossen. Frau Klawitter und die 4a starrten ihn an, als hätten sie ebenso wenig verstanden wie Frido.

»Das hieß: Ich bitte um Verzeihung, Frau Klawitter, aber ich weiß alle Antworten auf alle Fragen!«, erklärte Fridos Doppelgänger hilfsbereit. Im Klassenzimmer herrschte weiterhin Grabesstille. Bis Fridos Spiegelbild sagte:

»It is two minutes past nine, Mrs Klawitter.« Immer noch blinzelten alle den Spiegel-Frido verwirrt an. Frau Klawitter eingeschlossen.

»Das hieß: ›Es ist zwei Minuten **nach** neun‹«, übersetzte Fridos Spiegelbild netterweise. Fridos Blick folgte dem ausgestreckten Zeigefinger des anderen. Und tatsächlich: Der große Zeiger stand ein klitzekleines bisschen rechts von der zwölf. Frau Klawitter bemerkte das jetzt auch. Sie wurde ganz rot.

»Äh, Fridolin hat völlig recht. It is two minutes past nine o'clock.« Sie legte die Stirn kurz in Falten. »Eigentlich habt ihr das noch gar nicht gelernt. Aber …« Sie lächelte den Spiegel-Frido verblüfft an. »Egal. Well done, Fridolin!« Der lächelte zurück und setzte sich. Emil puffte ihn anerkennend in die Seite. BÄM. YES. TOR., dachte der echte Frido vor dem Fenster. Jetzt konnte Frau Klawitter mal sehen, wer hier nicht aufs Gymnasium gehörte!

Den Rest des Vormittags verbrachte Frido mit einem breiten Grinsen im Gesicht. Ein herrliches Leben lag vor ihm. Eins ohne Schule, Hausaufgaben, Zähneputzen, Rosenkohl und andere unangenehme Dinge. Denn alles, was Frido fies, langweilig und überflüssig fand, schien der Spiegel-Frido besonders gern zu mögen! Wahnsinn. Gestern Abend noch hatte er **alle** Stifte von Frido gespitzt, die Eselsohren aus seinen

Schulheften gebügelt (echt wahr!) und Fridos Zimmer aufgeräumt! »In dieser Unordnung kann ich nicht lernen«, hatte er gesagt. »Und außerdem räume ich gerne auf.« Vielleicht brachte er ja auch gerne den Müll runter, räumte die Spülmaschine aus, ging zum Zahnarzt und mochte feuchte Oma-Küsse? Frido stellte sich vor, wie viel Zeit er plötzlich für die wirklich wichtigen Dinge haben würde: Ausschlafen. In der Badewanne liegen, bis die Füße schrumpelten. Chips auf Nutellabrot zum Frühstück essen, obwohl Mama fand, dass das nicht gesund war! Bis in die Nacht Comics lesen. Und vor allem: Mit Sebi und Dunja abhängen!

Als hätte er die längsten Sommerferien der Welt vor sich, dachte Frido. Frido lutschte saure Drops, blinzelte in den blauen Himmel und ließ sich von der Sonne das Gesicht kitzeln. Nur dass die Bäume schon herbstlich kahl wurden, passte nicht ins Bild. Er lag auf dem Zehnmeterturm des alten Freibades, das er mit Sebi und Dunja zu ihrem Geheimplatz auserkoren hatte. Im alten Freibad ging schon lange niemand mehr schwimmen. Außer ein paar schmoddrigen Regenwasserpfützen war kein Wasser in den Becken.

»Hey, Frido! Wieso bist du einfach abgehauen?« Frido blickte nach unten, von wo die Stimme kam. Im leeren Schwimmbecken stand Sebi. Was machte der denn schon hier? Wie spät war es überhaupt? War die Schule schon aus? Frido hatte völlig die Zeit vergessen.

»Ja, wieso hast du nicht auf uns gewartet?« Jetzt tauchte auch Dunja hinter Sebi auf.

»Äh …« Frido überlegte fieberhaft, wie er sich herausreden sollte. Sein Blick fiel auf eine Art Seifenkiste, die am Fuße des Sprungturms lag. Er hatte vorhin noch alte Kinderwagenräder drangeschraubt. Sebi, Dunja und Frido hatten das alte Freibad vor allem deshalb zu ihrem Geheimplatz gemacht, weil sie hier lauter Dinge tun konnten, die die meisten Eltern und Erwachsenen ihnen verbieten würden. Ein Lagerfeuer, zum Beispiel. Oder auf selbst gebauten Fahrzeugen die Rutschen runterfahren. Die Fahrzeuge dachte Frido sich aus. Sachen ausdenken und basteln gehörte nämlich auch zu den Dingen, die Frido gut konnte. Und dafür würde er ab jetzt alle Zeit der Welt haben!

»I-ich musste nur noch mal schnell nach Hause und die fertige Seifenkiste holen«, flunkerte Frido. »Wie findet ihr die?«

»Hast du nicht gesagt, du musst zur Nachhilfe?«

»Äh, ja, aber heute nicht. Der Schleimbold ist krank geworden.« Von wegen. Der Einzige, der vielleicht von einer schlimmen Krankheit heimgesucht werden würde, war der Spiegel-Frido. Schließlich machte der in genau diesem Augenblick Bekanntschaft mit dem Höllenatem vom Schleimbold. Frido konzentrierte sich darauf, die Leiter herunterzuklettern. So musste er seine Freunde wenigstens nicht anschauen, während er sie belog.

»Irgendwas stimmt heut nicht mit dir«, sagte Dunja. Frido blickte erschrocken auf.

»Wieso?«

Sebi schleimte sich das Haar streng zur Seite und reckte übertrieben den Arm nach oben.

»Nehmen Sie mich, Frau Klawitter, bitte, ich weiß es, Frau Klawitter!«, sagte er und seine Stimme klang dabei wie die eines winselnden Hundes. Frido blinzelte ihn an.

»Voll wie so'n Oberstrebi«, sagte Sebi und Dunja schüttelte den Kopf.

»Nee, voll wie so'n Ober-Oberstrebi«, sagte sie. Frido schluckte. Damit hatte er jetzt nicht gerechnet, dass sein glanzvoller Auftritt vor der Klawitter ihn bei seinen Freunden unbeliebt machen könnte.

»D-d-das … Ich muss doch bei der Klawitter einen guten Eindruck machen! Und vielleicht muss ich dann bald nicht mehr zur Nachhilfe und hab mehr Zeit mit euch«, stammelte er. Erleichtert sah er, dass Dunja ihn schon etwas freundlicher anschaute. Jetzt musste Sebi noch besänftigt werden. »Übrigens«, sagte Frido, »kennt ihr den schon? Was ist orange und schwimmt im Hallenbad?«

»Eine Chlorange!«, sagte Sebi. Frido grinste. Mit Flachwitzen kriegte man Sebi immer. »Was ist grün, schlau und stellt viele Fragen?«, sagte der. Frido und Dunja antworteten im Chor: »Günther Lauch!«

Natürlich hatte auch Emil ein paar Fragen, als Frido am Abend mit ihm telefonierte. Anscheinend hatte Emil seinem Freund im Unterricht aus alter Gewohnheit noch zweimal die richtige Antwort eingeflüstert. Zum Dank hatte der Spiegel-Frido sich gemeldet und Emil bei Frau Klawitter angeschwärzt. »Du hast gesagt, dass ich dich die ganze Zeit störe«, sagte Emil empört. Und Frido beteuerte, dass ihm das alles ganz furchtbar leidtue.

»Du, Emil, du musst mir echt nichts mehr vorsagen, weil, äh …« Frido kramte in seinem Kopf nach einer überzeugenden Erklärung. »Also, ich glaube, du hattest recht«, sagte er. »Es ist alles eine Frage der Technik, und die bringt der Schleimbold mir jetzt bei.« Frido grinste. Emils eigene Erklärung musste ihm schließlich einleuchten.

»Aha«, sagte Emil verdutzt. Dann sagte er: »Deine Technik fürs Nettsein musst du aber deshalb nicht gleich vergessen, finde ich.«

Frido schluckte. Sein Blick wanderte zum Spiegel-Frido, der die ganze Zeit auf seinem Schreibtischstuhl saß und konzentriert Mathe-Aufgaben löste. Anscheinend würde der andere jetzt auch mal eine von **Fridos** Regeln lernen müssen.

WIE HEISST DER CHINESISCHE VERKEHRSMINISTER?

»Du musst netter zu meinen Freunden sein«, fing Frido gerade an, als Mama ohne Vorwarnung die Tür des Kinderzimmers öffnete. Zum Glück versperrte ihr der Stapel frisch gewaschener Wäsche, den sie vor sich hertrug, den Blick. Frido konnte sich gerade noch in den Schrank retten. Leider war das kein besonders kluges Versteck. Denn eine Sekunde später öffnete Mama den Schrank, um die Wäsche einzuräumen. »Wir haben die Deutscharbeit zurückbekommen«, hörte er den Spiegel-Frido sagen.

»Echt?« RATSCH, schob Mama die Sommerjacken beiseite, hinter denen sich Frido versteckt hielt. Frido hielt den Atem an. Er wartete auf Mamas spitzen Schrei, wenn sie einen zweiten Sohn im Schrank sitzen sah, gefolgt von einem dumpfen KLONG, das ihr Körper machen würde, sobald er bewusstlos auf dem Boden aufschlug. Doch stattdessen hörte er seine eigene Stimme »Bitte schön!« sagen. Er blinzelte. Und sah, wie sein Doppelgänger seiner Mutter ein Blatt entgegenhielt. Während sie die rechte Hand nach dem Blatt austreckte, tastete ihre linke Hand blind im Schrank nach einem freien Bügel, um eines dieser Streberhemden aufzuhängen, die sich der Spiegel-Frido gewünscht hatte. Vorsichtig zupfte Frido eine Jacke von einem Bügel und schob ihn ihr so vor die Finger, dass sie nur noch zugreifen musste. Puh. Das war knapp.

»Eine Eins mit Stern?!«, hörte er Mama aufgeregt rufen, »dann hat sich das Üben ja gelohnt! – Mensch, Frido, das ist ja … ich kann's gar nicht glauben!« Sie war so von den Socken, dass Frido kurz fürchtete, sie würde doch noch in Ohnmacht fallen. Durch die Jacken hindurch sah Frido, wie seine Mama dem anderen einen dicken Schmatz auf die Wange gab. Frido war es ein Rätsel, wie der Spiegel-Frido Frau Klawitter dazu gebracht hatte, die Deutscharbeit noch einmal schreiben zu dürfen.

»Diese einfachen Aufgaben hätten wirklich keiner Vorbereitung bedurft«, antwortete der andere und wischte sich unauffällig Mamas Kuss von der Wange. Dass er die feuchten Küsse von Oma übernehmen würde, konnte sich Frido also abschminken.

»Klar«, grinste Mama ihren falschen Sohn an. Zu Fridos Leidwesen drehte sie sich wieder zum Schrank um.

»Ich mach das«, sagte der Spiegel-Frido glücklicherweise in diesem Moment und nahm Mama den Wäschestapel ab.

»Freiwillig?« Mama klang erstaunt.

»Ich räume gerne auf.« Eine Weile sagte keiner etwas.

»Okay, gut«, hörte Frido Mama sagen. Und: »Äh, danke!« Dann schnappte die Zimmertür zu. Frido schob erleichtert die Jacken auseinander.

»Regel Nummer vier: Mama darf mein Zimmer nicht mehr ohne Erlaubnis betreten«, sagte er.

»Betreten ohne Genämigung verbooten. Bitte anklopfen und auf Antword warten.« Frido schaute stolz auf das von ihm gemalte Türschild. »Gut, oder?«

»Drei Fehler in zwei Sätzen«, sagte der andere, als sei er Frau Klawitter persönlich, und zückte den Radiergummi.

»Wenn ich gar keine Fehler mehr mache, merkt Mama doch gleich, dass was nicht stimmt«, sagte Frido. Ein wenig ging ihm der Schlaumeier schon auf die Nerven.

»Und du musst netter zu meinen Freunden sein«, fügte er hinzu. Ihm war wieder eingefallen, was er vorhin eigentlich hatte sagen wollen. Frido öffnete die Tür einen Spaltbreit und lugte nach draußen. Die Luft war rein. Mama werkelte in der Küche. Frido pinnte hastig das Schild an die Außenseite der Zimmertür.

»Ich setze meine Prioritäten anders«, sagte der Spiegel-Frido. ›Pri-ro-ri-Dingsda‹, das Wort hatte Emil auch schon mal benutzt. Es bedeutete, dass einem eine Sache – zum Beispiel: Lernen – wichtiger war als eine andere – zum Beispiel: Freunde.

»Ich finde, dass du trotz deiner Pri-ro-ri-Dingsda netter zu Emil sein könntest«, sagte Frido.

»Ich muss mich in der Schule konzentrieren. Emil hat mich gestört«, sagte der Spiegel-Frido, als die Tür wieder zu war.

»Emil wollte dir bloß helfen! Das machen Freunde so. Und außerdem …« Weiter kam Frido nicht.

»Ich brauche keine Hilfe«, unterbrach ihn der Spiegel-Frido.

»Das wusste Emil aber nicht«, sagte Frido. »Emil denkt, du bist ich, und ich **brauche** Hilfe.«

»Allerdings! Vor allem meine!« Oh, Mann. So ein Doppelgänger konnte wirklich anstrengend sein.

»Ja«, sagte er. »Aber wenn du nicht nett zu meinen Freunden bist, merken die, dass du nicht ich bist. Und dann kannst du mir nicht mehr helfen.« Anscheinend hatte er etwas gesagt, was dem anderen einleuchtete. Er schwieg nämlich.

»Gematschtes Gehirn mit Blutaugen zum Abendessen?«, rief Mama aus der Küche. Der Spiegel-Frido guckte entsetzt. Frido grinste.

»Sie meint Milchreis mit Kirschkompott.«

»Aha. Und warum sagt sie das nicht einfach?« Frido verdrehte die Augen. Der verstand irgendwie keinen Spaß.

Frido hatte es auch für einen Witz gehalten, als der Doppelgänger sich ein Buch über chinesische Wirtschaftslehre gewünscht hatte. Welcher Viertklässler interessiert sich, bitte schön, für chinesische Wirtschaftslehre? Aber es war kein Witz. Der Spiegel-Frido machte keine Scherze. Frido jedoch fiel schon wieder einer ein:

»Wie heißt der chinesische Landwirtschaftsminister?« Er lag wie immer unter dem Bett, einen Stapel Comics neben sich. Der Spiegel-Frido saß aufrecht im Bett und vergrub seine Nase in dem dicken Schmöker ohne Bilder. Er antwortete nicht, auch nicht, als Frido zu ihm hochgrinste:

»Na komm, den kennst du. Den kennt echt jeder.« Täuschte sich Frido oder wurde das Gesicht des anderen eine Spur weißer? Frido platzte mit der Antwort raus: »Kuh dung! Und wie heißt der chinesische Verkehrsminister? – Um-lei-tung!« Er lachte, doch der andere starrte ihn nur an.

»Ich möchte jetzt schlafen.« ZACK, löschte er das Licht. Puh. Also, Emil war gut in der Schule UND witzig.

Emil. Seit der andere für Frido in die Schule ging, hatte Frido seinen besten Freund nicht mehr gesehen. Er konnte Emil auch nicht anrufen oder ihm schreiben, weil Emil kein Handy haben durfte. Wenn Frido bei Emil zu Hause anrief, war Emil nicht da. Und Emil an der Schule abzupassen, fand der Spiegel-Frido unklug. Denk an Regel drei, hatte er ihm eingeschärft. Ob Frido etwa wollte, dass sie aufflogen? Der Spiegel-Frido hatte gut reden. Schließlich sah **er** Emil jeden Tag in der Schule. Das war Fridos letzter Gedanke, bevor er einschlief.

Frido träumte gerade davon, wie ihn ein Emil-Zombie im Freibad die Rutsche nach unten verfolgte, da rüttelte eine kalte Hand an seiner Schulter. Er drehte den Kopf und starrte in eine bleiche Zombie-Fratze.

»Ahhh!« Entsetzt fuhr er hoch und haute sich – ZONG – die Birne am Lattenrost an. Autsch.

»Wie heißt der chinesische Verteidigungsminister?«, fauchte die bleiche Fratze. Frido erkannte das Gesicht von Spiegel-Frido. Es hing verkehrt herum in der Luft, wurde vom kalten Neonlicht der Taschenlampe fies von unten erleuchtet und stierte ihn an. Fing der Spiegel-Frido jetzt zur Geisterstunde mit Witzen an?

»Also?! Wie heißt der chinesische Verteidigungsminister?!«, fragte er scharf.

»Ka-no-ne«, wollte Frido antworten, doch der andere unterbrach ihn.

»Falsch. Korrekt ist: Wei Fenghe. Wirtschaft: Zhong Shan. Finanzen: Xiao Jie. Wissenschaft und Technolo…«

»Hast du die gerade alle auswendig gelernt?«

»Ich habe eben eine überdurchschnittlich schnelle Auffassungsgabe.« Frido ließ sich auf seine Isomatte sinken. Sein Herz puckerte immer noch wild, als hätte er eben tatsächlich einen Untoten gesehen. Und das nur, weil der andere keinen Spaß verstand!

FRIDO SETZT EINE PRI-RO-RI-DINGSDA

Doch der einzige Untote, der am nächsten Tag planlos herumgeisterte, war er selbst. Frido sauste zum dritten Mal in einem selbst gebastelten Zombiekostüm die Rutsche im alten Freibad runter und blieb unten liegen. Ein gruseliges Zombie-Kostüm zu tragen machte nur halb so viel Spaß, wenn einen keiner sehen konnte. Er rappelte sich auf und kickte einen Stein in eine Pfütze. Wie spät es wohl war? Freie Zeit machte auf die Dauer auch nur halb so viel Spaß, wenn keiner da war, mit dem man sie verbringen konnte. Sebi und Dunja waren gestern nicht an ihrem Geheimplatz aufgetaucht. Was, wenn sie heute wieder nicht kämen? Frido starrte in den wolkenverhangenen Himmel und fragte sich, ob die Schule schon aus war. Die Wolken antworteten nicht. Dafür knurrte sein Magen. Aber es war kein Schulschluss-Knurren, sondern eher ein Große-Pause-Grummeln.

Der Erste, den Frido sah, als er sich in voller Zombiemaskerade nahe dem Fahrradparkplatz der Schule in Deckung gebracht hatte, war der Spiegel-Frido. Er saß alleine auf einer Pausenhofbank und las in einem Buch. Dunja, Sebi und ein paar andere Klassenkameraden erspähte Frido am Basketballkorb. Nur nach Emil suchten seine Augen den Pausenhof vergeblich ab. Emil war auch gar nicht auf dem Pausenhof. Er stand wenige Meter entfernt von Frido auf dem Fahrradparkplatz. Zwischen Frido und Emil wuchs dichtes Gestrüpp. Deshalb konnte Frido seinen Freund nicht sehen. Aber hören konnte er ihn, denn Emil putzte sich seine allergische Nase. Nur, dass nicht mal Emils Nase im Spätherbst allergisch war. Und mit einer richtigen Erkältung hätte Emils Mutter ihren Sohn niemals in die Schule gelassen. Deshalb konnte es nur eine Erklärung für Emils Naseputzen geben: Er hatte geweint. Frido schob sich vorsichtig in die Richtung, aus der das Schniefen kam. Durch die Zweige sah er Emil, der verloren an einem der Fahrradständer stand. Doch dann schob sich jemand anderer ins Bild. Jaro! Jaro war ein paar Jahre älter als Frido und seine Freunde und er hing meistens mit seinem Kumpel Bocki ab (ein wirklich beknackter Name, fand Frido). Man konnte nie genau wissen, wo man Jaro und Bocki begegnen würde. Das war ziemlich blöd, weil sie die üble Angewohnheit hatten, jüngere Kinder um ihr Taschengeld zu erleichtern. Und jetzt kamen die beiden ausgerechnet in dem Moment hier vorbei, in dem Emil ganz alleine herumstand. Frido konnte gar nicht so schnell gucken, wie sein Freund in Bockis Klammergriff in der Luft zappelte.

»Ey, Spacko, Zahltag!«, hörte Frido Jaro sagen. Als Nächstes flog Emils Brille ins Gebüsch.

»Hi-hilfe!«, rief Emil, aber es klang mehr wie ein leises Krächzen, das auf dem lauten Schulhof bestimmt niemand hören konnte.

»Hi-Hilfe!«, äffte Bocki Emil nach und geierte. »Alter, heul doch!« Frido merkte, wie sich in seinem Bauch mal wieder ein Wutkloß zusammenzuklumpen begann.

»Ich … hhh… … hhh…« Das war wieder Emil. Er klang wie Mamas Staubsauger, wenn etwas im Schlauch hängen blieb.

»Ich … hhh…chch…«, machte Bocki Emil weiter nach. »Ey, der is' Darth Vader!« Er geierte wieder los und der Kloß in Fridos Bauch schwoll zu einem Wutkloßgebirge an. Emil war nämlich nicht Darth Vader, sondern er kriegte keine Luft. Das passierte ihm oft, wenn er aufgeregt war. Emil hatte Asthma. Hilflos angelte er mit einer Hand ein gebogenes Plastikfläschchen aus seiner Jackentasche. Das war sein Asthmaspray, das im nächsten Moment der Brille ins Gebüsch nachfolgte.

»Kch-kch«, keuchte Emil verzweifelt. Waren diese Vollhonks denn total verblödet?! Die brachten Emil ja um! Frido musste etwas tun!

»Hey, wie bringt man euer Gehirn auf Erbsengröße?«, schrie er wütend. Jaro und Bocki sahen sich um und starrten auf den Zombie-Frido, der sich durch das Gestrüpp schlug und auf sie zukam. »Man muss es aufblasen!«, brüllte er, während Emil die Gelegenheit nutzte, dass Bocki einen Augenblick seinen Klammergriff gelockert hatte. Er riss sich mit einer ruckartigen Zappelbewegung los und robbte mit letzter Kraft – »Kch-hhh-kchh-hhhh« – auf das Gebüsch zu, in dem sein rettendes Spray lag.

»Alter, lass den nicht los!«, motzte Jaro und bewegte sich drohend auf Frido zu.

»Mörder!«, schrie Frido außer sich und wollte sich gerade todesmutig an Jaro vorbei auf Bocki stürzen, als die Stimme des Hausmeisters vom Schulhof her bollerte:

»Das hier ist Grundschulgelände! Macht, dass ihr wegkommt, ihr Vögel, aber bisschen plötzlich!« Frido hatte sich noch nie so sehr über die Stimme des Hausmeisters gefreut wie in diesem Augenblick. Denn prompt trollten sich die beiden Jungs, die beinahe Fridos besten Freund um die Ecke gebracht hätten.

»Kchchchchchchchchch-h-ch-h-ch-h-ch-h-ch-…«, machte der und klang jetzt wirklich wie Darth Vader, als er einen tiefen Zug aus seinem Asthmaspray nahm und heiser stotternd ausatmete. Frido huschte geduckt zu ihm ins Dickicht. Er zog seine Zombiemaske ab. Direkt vor ihm baumelte Emils Brille an einem Zweig.

»Da«, sagte er und hielt Emil die Brille vor die Nase. Der setzte sie auf und hustete. Frido wartete. Emil schwieg, hustete weiter und vermied es, ihn anzuschauen.

»Ich hab schon gedacht, die bringen dich um«, sagte Frido. Emil wandte Frido das Gesicht zu und bedachte ihn mit einem todesverachtenden Blick. Irgendetwas stimmte nicht. Der Pausengong verkündete das Ende der Pause.

»Hey«, sagte Frido. »Redest du nicht mit mir? Ich hab dich gerade gerettet!« Emil sagte knapp: »Danke, dass du mich gerettet hast.« Damit wollte er verschwinden.

»He! Warte mal!«, rief Frido und hielt ihn am Jackenärmel fest.

»Lass mich los!«, sagte Emil und rupfte Frido seinen Ärmel aus den Fingern. »Oder hast du Angst, dass ich vor dir in der Klasse bin? Bitte sehr! Nach dir!« Er machte einen Schritt zurück, um Frido den Vortritt zu lassen.

»I-ist alles in Ordnung?«, stotterte Frido. »Beste Freunde behandeln sich nicht so.« Emil starrte ihn böse an.

»Beste Freunde setzen sich auch nicht von einem weg und werfen einem das Mäppchen vom Tisch, damit sie sich vor einem melden können, und sie sagen auch nicht, dass sie nix mehr mit einem zu tun haben wollen!«, sprudelte es plötzlich aus ihm hervor.

»Das hab ich alles gemacht?«, stieß er hervor. Emil guckte noch böser.

»Frag doch nicht so blöd!«, fuhr er Frido an und wandte sich wieder zum Gehen.

»Emil!«, sagte Frido heiser. Er klang so kläglich, dass Emil stehen blieb und sich zu ihm umdrehte. Ich muss Emil einweihen, dachte Frido. Er sagte: »Ich war das nicht, Emil, ich kann's dir beweisen!«

»Seit wann hast du einen Zwilling?«, fragte Emil. Er kauerte neben Frido in der Hecke vor dem Fenster der 4a und starrte auf Fridos Doppelgänger, der ganz vorne in der ersten Reihe saß und auf den Anfang der Stunde wartete.

»Ich hab keinen Zwilling, Emil. Das ist mein Spiegelbild.«

»So etwas gibt es nicht.«

»Eben doch.« Er hielt Emil sein Handy vor die Augen. »Guck, ich hab kein Spiegelbild mehr.« Frido zeigte auf die spiegelnde Fläche seines Handys, in dem sich nur Emils Brillengesicht spiegelte. »Weil das nämlich für mich da drin sitzt.« Emil starrte erst auf das Handydisplay, dann ins Klassenzimmer und schließlich wieder auf Frido neben sich. Dabei stand sein Mund offen, ohne dass er etwas sagte. Heiser krächzte er schließlich:

»Krass. Das ist voll abgefahren!«

»Ich weiß.« Frido lächelte.

Fasziniert blickte Emil wieder auf den Spiegel-Frido.

»Und der sitzt für dich in der Schule? Jeden Tag?«

»Ja, sag ich doch!«

»Alle denken, du bist plötzlich ein Super-Streber.«

»Ja, der kann alles, was ich nicht kann.«

»Der kann alles, was du nicht kannst.« Es war eigentlich nicht Emils Art, alles zu wiederholen, was Frido sagte. Frido folgte dem Blick seines Freundes und landete bei Dunja. Die ließ eben geschickt einen Hacky Sack mit ihrem Fuß in der Luft tänzeln. Emils Augen klebten an ihr wie zwei Tattoo-Bildchen auf einem Unterarm, und als er sich wieder zu Frido umdrehte, glitzerten sie komisch. So ein Glitzern hatte Frido schon öfters bei Jungs oder Mädchen gesehen. War Emil etwa in Dunja …? Frido war froh, den Gedanken nicht zu Ende denken zu müssen. Denn jetzt sagte Emil: »Wo hast du den her? Ich will auch einen Super-Emil!«

UNHEIMLICH PERFEKKT MAL ZWEI UND JEDE MENGE CHAOS

»Der da soll perfekt sein?« Emil blickte enttäuscht auf sein schmächtiges Spiegelbild, das ihm aus dem magischen Spiegel entgegenblickte.

»Man muss erst den Knopf drücken«, erklärte Frido. Und sah sich beunruhigt nach der Tür um. Gut möglich, dass der Spiegellabyrinthbesitzer ihnen gefolgt war. Am Kassenhäuschen hatte er seine Scanneraugen auf sie gerichtet. Frido wurde den Gedanken nicht los, dass er genau wusste, was er und Emil in seinem Spiegellabyrinth suchten.

»Nein, nicht!«, rief Frido, als er sah, dass sich Emils Hand dem Drachenauge näherte. Mit zusammengekniffenen Augen sah Emil seinen Freund an.

»Wieso darfst du einen haben und ich nicht?« Ja, wieso? Frido hatte nur so ein Gefühl. Und das war keine gute Erklärung. Er sagte:

»Wer weiß, was bei dir passiert? Ich meine, weil … Du bist ja schon schlau.«

»Schlau schon. Aber nicht perfekt«, sagte Emil. ZACK!, drückte er auf das Drachenauge, bevor Frido ihn daran hindern konnte. Frido dämmerte, dass »perfekt« für seinen besten Freund etwas ganz anderes bedeutete als für ihn. Mit dem Emil im Spiegel geschah nämlich etwas höchst Eigenartiges. Er wuchs. Er wuchs ein wenig in die Höhe und er wuchs ein wenig in die Breite. Und die Jacke, die an Emil beutelartig herumschlackerte, schien vom Spiegel-Emil beinahe gesprengt zu werden, so prall spannte sich der Stoff um Brustkorb und Oberarme. Mit einer coolen Geste verwuschelte sich der Spiegel-Emil die Haare, dann nahm er die Brille ab, blinzelte den echten Emil an und streckte auffordernd die Hand nach ihm aus.

»Wow!«, hauchte Emil und schon griff er freudig nach der Hand des anderen.

»Na, ihr Luschen?«, sagte der Spiegel-Emil, als er eine Sekunde später in voller Größe vor ihnen stand.

»H-hallo«, stammelten Frido und Emil gleichzeitig. Der neue Emil musterte sie kurz, dann warf er in hohem Bogen die Brille hinter sich und zog sich die Hose tiefer, bis sie etwas weiter unten auf der Hüfte saß – soweit das bei Emils Braver-Junge-Hose möglich war.

»Alter!«, sagte der Spiegel-Emil. »Kaufst du deine Klamotten im Altkleider-Container?« Haha, sehr witzig, dachte Frido, während der Spiegel-Emil bereits federnd und breitbeinig wie ein Cowboy losstiefelte und durch die Tür der Abstellkammer verschwand.

»He!«, rief Frido. »Wo willst du denn hin?!« Keine Antwort. Frido stolperte los und zog Emil mit sich, der seinem Spiegelbild wie gebannt hinterherstarrte. »Mann!«, rief Frido. »Der kann doch nicht einfach abhauen!«

»Du kannst dich doch nicht einfach vom Schulgelände entfernen!«, rief Frau Klawitter. Sie hatte sich vor Emils Spiegelbild aufgebaut, das soeben mitten in die Sportstunde der 4a geplatzt war. Basketballtraining auf dem Schulhof. »Deine Mutter ist in größter Sorge. Der Spiegel-Emil zuckte gleichgültig mit den Schultern.

»Die soll mal chillen. Ich brauch keinen Babysitter«, sagte er. Frau Klawitters Augenbrauen schnellten in die Höhe und die 4a schaute kurz verdutzt aus der Wäsche. Emil und Frido verfolgten das Geschehen aus sicherer Entfernung. Der Spiegel-Emil hatte sie keines Blickes mehr gewürdigt, seit er sie im Labyrinth stehen gelassen hatte. Aber wenigstens hatte es ihn schnurstracks quer durch die Stadt bis zur Schule gezogen.

»Wir mussten das ganze Schulgelände nach dir absuchen, Emil-Leopold. Los, fang!« Sebi schmetterte dem Spiegel-Emil hart den Basketball entgegen. Neben Frido zuckte Emil, als würde ihm der Ball gleich auf die Nase knallen. Doch zur Überraschung aller fing der Spiegel-Emil – ZACK – den Ball ab. Lässig ditschte er ihn ein paarmal auf den Boden, bevor er durch die über den Schulhof verteilten Mitschüler hindurch auf den Basketballkorb zudribbelte. Ein paar Meter vor dem Korb stieß er sich vom Asphalt ab und flog durch die Luft wie ein Pfeil, der von einem Flitzebogen abgeschossen worden war. Er rollte den Ball aus seinem Handgelenk, ließ ihn eine ideale Kurve beschreiben und landete ihn mit einem satten KLONG im Korb!

»Wahnsinn!«, hauchten Emil und Frido im Chor. Dann blickte Frido auf die Klasse, die den Spiegel-Emil mit offenem Mund anstarrte. Er schluckte. »Emil, wie sollen wir denn das erklären?«

*

»Wetten, der hat sich gedopt?«, sagte der pausbäckige Otto. »Oder er ist operiert«, sagte Juli. Die ganze Klasse wisperte durcheinander und warf dem Spiegel-Emil verstohlene Blicke zu. Er saß auf Emils Pult, baumelte mit den Beinen und grinste sich einen.

»Ich glaube, das ist gar nicht Emil«, sagte ein kleiner Junge, und draußen hielten Frido und Emil die Luft an, bis einer höhnisch sagte:

»Nee, klar, das ist Emils Zwilling, der jahrelang im Keller versteckt gehalten wurde!« Der Spiegel-Emil sagte:

»Checkt es einfach. Emil, die Null, war gestern. Jetzt kommt Emil, die Granate!«

Der echte Emil, der neben Frido in der Hecke vor dem Fenster lauerte, wurde plötzlich ganz aufgeregt. Frido hatte den Verdacht, dass das an Dunja lag, die sich direkt vor Emils Spiegelbild aufbaute und sagte: »Trägst du jetzt Kontaktlinsen?«

Sebi, der die ganze Zeit nichts gesagt hatte, rief in die Klasse: »Ey, was ist eine Brillenschlange ohne Brille? Eine Blindschleiche!« Er geierte los, aber dann hörte er schnell wieder damit auf, weil niemand mitlachte. Frido grinste. Das geschah Emil-Quäler Sebi mal recht.

»Totenstille, keiner lacht, Sebi hat 'nen Witz gemacht«, sagte Emil, die Granate. Und jetzt lachten alle.

Der echte Emil kicherte auch, hielt sich aber schnell die Hand vor den Mund, weil Frido ihn abwärts in die Deckung zog.

»Englishtest! Sit down everyone!«, schallte es durch das Fenster. Das war die Klawitter. Und dann hörte man Murren, Stühlerücken und Blätterrascheln anstelle von Gelächter.

Das Nächste, was Emil und Frido in ihrem Versteck vernahmen, war, dass die Klawitter rief:

»Emil, konzentrier dich bitte und lenk die anderen nicht ab!« Ihr Ton klang so scharf, dass Frido Emil besorgt anschaute.

»Was macht er?«, raunte er, während Emil erneut vorsichtig durch die Zweige ins Klassenzimmer lugte.

»Ähm …«, machte Emil nach einer Weile.

»Was?«, fragte Frido. Er ahnte nichts Gutes.

»Also, ähm, er bastelt einen Flieger!«, sagte Emil leise.

»Aus dem Englischtest?!« Frido riskierte einen entsetzten Blick. Der Englischtest-Flieger landete – verfolgt von den gebannten Blicken der Klasse – soeben auf der Stirn der Lehrerin.

»Au!« Ihr Kopf zuckte hoch und die Augen suchten die Klasse nach dem Übeltäter ab. Der war schnell gefunden.

»Landeanflug wegen Klawitter-Gewitter fehlgeschlagen«, sagte Emils Spiegelbild und grinste.

»Mensch, Emil, das gibt Ärger!«, flüsterte Frido.

»Was ist denn in dich gefahren?!«, wetterte Frau Klawitter. »Glaub bloß nicht, dass du ein neues Blatt bekommst. Wenn du dich so benimmst, kannst du den Rest der Stunde vor der Tür verbringen!«

»Geht klar«, sagte der Spiegel-Emil. »Da isses sowieso spannender als hier drin.« Damit stand er auf und verließ im lässigen Cowboy-Gang die schockgefrostete Klasse. Frau Klawitter stand wie angewachsen hinter ihrem Pult. Dann klatschte sie in die Hände.

»Weiterarbeiten!«, kommandierte sie und alle Schüler richteten ihre Nasen wieder auf ihre Arbeitsblätter.

»Oh-oh«, wisperte Emil neben Frido, weil die Klawitter jetzt hinter dem Spiegel-Emil aus dem Klassenzimmer stolperte.

»Doppel-Oh-oh«, flüsterte Frido zurück. Denn vor dem Schultor hielt das dicke Auto von Emils Mutter. Und gleich daneben bremste ein Polizei-Auto. Die Hecke zitterte, als Emil und Frido sich noch tiefer hineinduckten.

»Emil-Leopold!« Emils Mutter sah aus, als wäre sie in ein Feld voller Brennnesseln gefallen. Ihre Haare standen wild vom Kopf ab und ihr Gesicht war übersät von roten Flecken. »Wurdest du gekidnappt? Dem Herrn Polizisten kannst du alles erzählen«, rief sie, stöckelte hektisch auf Granaten-Emil zu und schleifte einen dicken Mann in Polizeiuniform hinter sich her. Im nächsten Moment sah es so aus, als würde Granaten-Emil einen qualvollen Erstickungstod sterben, weil Emils Mutter sich in eine Boa constrictor verwandelte. Sie schlang ihre Arme um ihn und drückte ihn an sich, als wolle sie ihn zerquetschen.

»Ey, lass los, Frau!«, sagte Emils Doppelgänger und befreite sich energisch aus der Umklammerung. »Bin ich 'n Scheiß-Smoothie, oder was?!« Frido musste sich die Hand auf den Mund pressen, um nicht zu glucksen. So hatte bestimmt noch niemals jemand mit Frau Langhals-Diestelmeier gesprochen.

»Emil-Leopold!« Emils Mutter sah ihren Sohn entsetzt an.

»Scheiß-Leopold bist du selber!«, knurrte Granaten-Emil und Emils Mutter klappte der Unterkiefer runter. Granaten-Emil fixierte sie grimmig:

»Ich Emil, nix Leopold, klar?!« Damit ließ er Emils Mutter, den Polizisten und die Klawitter stehen und dampfte breitbeinig ab. Hinter dem Klassenzimmerfenster reckten sich die Hälse der Mitschüler in die Höhe.

Der Spiegel-Emil schwang sich mit einem Flickflack über die Schulhofmauer. Emils Mutter warf Frau Klawitter und dem Polizisten einen hilflosen Blick zu. Aufgeregt lief sie los, Granaten-Emil hinterher. »Emiiill!«

»Zurück auf eure Plätze«, rief die Klawitter der 4a zu. Murmelnd folgten alle. Nur Fridos Spiegelbild blieb noch einen Moment am Fenster stehen und fixierte die Hecke, in der Frido und Emil sich versteckt hielten. Aus seinen Augen schoss ein kleiner Blitz und fuhr Frido als heißer Schreck in die Glieder.

»Mann, Emil«, sagte er. »Das war keine gute Idee. Der ist zu auffällig!« Emil runzelte die Stirn.

»Ich finde, er ist nicht auffälliger als dein Streber-Frido«, verteidigte sich Emil. Er schien jedoch selbst zu wissen, dass das nicht stimmte, denn er setzte hinzu: » Ich rede mit ihm, okay?«

»Okay«, sagte Frido. Er hatte aber Zweifel, ob Granaten-Emil mit sich reden lassen würde. Leider hatte er auch Zweifel, ob der Spiegel-Frido sich erklären lassen würde, warum er Regel Nummer eins gebrochen hatte. Was, wenn er einfach wieder im Spiegel verschwinden und Frido im Stich lassen würde?

»Ich musste Emil einweihen!«, verteidigte sich Frido. »Du warst gemein zu ihm!« Er hing mit dem Oberkörper quer über der Kabinenwand im Jungenklo der Schule. Unter ihm saß sein Doppelgänger auf der Toilette und pinkelte.

»Verschwinde hier!«, zischte der zu Frido nach oben und wedelte mit einer Hand, als könnte er Frido wie eine unangenehme Duftfahne verscheuchen. Frido hätte sich auch lieber in Luft aufgelöst. Sich selbst beim Pinkeln zuzuschauen war ein bisschen seltsam.

»Bist du jetzt sauer?«, fragte er leise. Und setzte zu seiner Verteidigung hinzu:

»Ich hab dir gleich gesagt, du musst meine Freunde besser behandeln.« Ohne aufzuschauen, sagte der Spiegel-Frido:

»Ich mache das alles für **dich**. Du solltest dich nicht darüber beschweren.«

»Ich beschwere mich gar nicht. Aber trotzdem brauchst du doch nicht meine Freunde vergraulen.«

»**Zu** vergraulen«, sagte der andere. »Es muss heißen: ›... brauchst du doch nicht meine Freunde **zu** vergraulen.‹ Wer ›brauchen‹ ohne ›zu‹ gebraucht, braucht ›brauchen‹ gar nicht erst zu gebrauchen.«

Frido starrte seinen Doppelgänger fassungslos an. Hatte der ihm gerade eine Grammatikregel erklärt? Jetzt? Hier? Wo es doch gerade um etwas ganz anderes ging? Der Spiegel-Frido sah zu ihm auf, während er sich die Hose hochzog.

»Ich bin anders als du«, sagte er. »Du hast mich eben so gewünscht, verstehst du?« Frido runzelte die Stirn und dachte darüber nach. Als der andere Anstalten machte, aus der Klokabine zu huschen, wisperte er hastig:

»Heißt das, du bleibst?« Der Spiegel-Frido schaute noch einmal zu ihm hoch. Nach kurzem Zögern verzogen sich seine Mundwinkel zu einem kleinen Lächeln.

»Ich hab doch gesagt: ›Solange du mich brauchst‹. Aber du solltest dafür sorgen, dass wir nicht auffliegen.«

Frido atmete auf.

OBERARM ODER OBERCOOL?

Frido war sich nicht sicher, ob es wirklich genauso gewesen war, wie Emil es am nächsten Morgen in seinem Bericht schilderte. Emil sagte, er habe sich Granaten-Emil am Abend zuvor zur Brust genommen und der habe eingesehen, dass er sich weniger auffällig verhalten müsse.

»Und warum ist deine Brille kaputt?«, fragte Frido.

»Ähm, ich, äh, hab mich draufgesetzt.«

»Aha.« Frido bemerkte, dass Emil ihn gar nicht richtig anschauen konnte, während er redete.

Doch als Emil und Frido gemeinsam im alten Freibad die Rutschen runtersausten, während ihre Doppelgänger in der Schule schwitzten, war Frido so weit, Granaten-Emil für eine richtig gute Idee zu halten. Ein wildes und freies Leben war ein viel besseres Leben, wenn man es mit dem besten Freund teilen konnte. Und Emil fand, ein Leben ohne Ärgertherapie, Geigenunterricht und Mathe-AG war das beste denkbare Leben überhaupt.

»Was steht auf dem Grabstein eines Mathelehrers?«, fragte Emil. Und Frido antwortete: »Damit hat er nicht gerechnet.« Sie lachten wie verrückt. Als es Abend geworden war, machte Frido ein Lagerfeuer und sie grillten Stockbrot und hauchten Atemwölkchen in die kalte Luft. Frido zeigte Emil, wie man aus einer leeren Weinflasche eine Wärmflasche bastelt, und Emil fand trotz der Kälte alles furchtbar gemütlich. Die beiden Freunde starrten in den Sternenhimmel und freuten sich darüber, wie viel Zeit sie ab jetzt miteinander haben würden.

Emil konnte sich gar nicht sattsehen an seinem Doppelgänger. Der kam inzwischen nicht nur alleine zur Schule, sondern noch dazu auf einem BMX-Rad. Wie Granaten-Emil es geschafft hatte, dass seine Eltern ihm so ein gefährliches Sportgerät kauften, konnte Emil Frido nicht erklären. Es war ihm auch ziemlich egal. Hauptsache, sein Doppelgänger schindete Eindruck, und das tat er. Er heizte auf dem Schulhof herum und präsentierte gewagte Stunts. Und neuerdings stand Dunja immer öfter hinter Granaten-Emil auf den Pegs. Emil strahlte, als sei er es selber, an dem Dunja sich festhielt, und Frido war sich inzwischen ziemlich sicher, dass sein bester Freund von der Verliebten-Krankheit befallen worden war. Frido hatte mal gehört, dass Liebe blind mache, und an Emil konnte man feststellen, dass das stimmte. Er starrte immer nur Dunja an. Dafür sah er nicht, dass nicht alle auf dem Schulhof zu den Bewunderern von Granaten-Emil zählten. Sebi war deutlich anzumerken, dass er den falschen Emil für eine ausgewachsene Pestbeule hielt. Er stierte ihn an, als suche er nach dem Stöpsel, an dem er die Luft aus seinen Muskeln las-

sen könnte. »Mit dem Bizeps anzugeben ist echt Oberarm!«, rief er einmal. Aber keiner hörte ihm zu. Immer öfter kickte Sebi den Hacky Sack alleine auf dem Fahrradparkplatz herum. Und dort wurde er schließlich von Jaro und Bocki geschnappt. Frido begriff erst, was los war, als Dunja plötzlich vom BMX-Rad sprang und auf den Fahrradabstellplatz zurannte. »Lasst Sebi in Ruhe!«, rief sie und sprang Jaro auf den Rücken, der sie mit einem Ruck abschüttelte. Das brachte Granaten-Emil in Rage. Er ließ das BMX-Rad fallen und sprintete auf die beiden Fieslinge zu. »Ey, ihr Lappen!«, sagte er und machte einen Flickflack an den verdutzten Jungen vorbei, als sei er eine Actionfigur in einem Superhelden-Film. Dann drehte er sich blitzschnell um und kickte ihnen mit zwei schnellen, geschickten Tritten in die Kniekehlen. Während Jaro und Bocki einknickten, smashte er ihre Köpfe zusammen wie zwei Kokosnüsse, und schon sanken die elenden Taschengeld-Räuber um wie gefällte Baumstämme. »Danke für das Skateboard«, sagte Granaten-Emil lässig und schnappte sich Jaros Skateboard. »Die Penner lassen dich ab jetzt in Ruhe«, sagte er zu Dunja, die ihn mit offenem Mund anstarrte. Alle Kinder machten ihm Platz, als er zurück auf den Schulhof schlenderte.

»Jetzt bin ich ein Held«, flüsterte Emil. Frido überlegte noch, ob er Emil sagen sollte, dass nicht er, sondern Granaten-Emil ein Held sei, als alle Schüler in Jubel ausbrachen. Jaro und Bocki machten humpelnd die Biege. »Kung-Fu-Emil!«, rief Emil in den Trubel hinein und reckte seine Faust in die Höhe. Nur ein Schüler stand ganz still zwischen den ausgelassenen Klassenkameraden: Sebi. Mit gerunzelter Stirn blickte er auf Emils Doppelgänger, der auf dem Schulhof Kickflips in Dauerschleife auf Jaros Skateboard hinlegte.

»Ich find's schon komisch«, sagte Sebi zu Frido, als sie am Nachmittag im Freibad gemeinsam Granaten-Emil und Dunja beobachteten. Die donnerten gerade auf Jaros Skateboard die Rutsche runter. »Emil ist plötzlich der Mega-Angeber und du wirst ein immer krasserer Streber. Irgendwas stimmt da nicht.« Er sah Frido an.

»Ich hab doch gesagt, ich lern jetzt halt viel«, stotterte Frido.

»Aber du übertreibst voll«, sagte Dunja. »Deinetwegen haben alle anderen echt Stress.« Frido schluckte.

»Lass den Klappspaten doch. Wir hauen hier ab, okay?«, sagte Granaten-Emil und schwang sich auf sein BMX-Rad. Dunja zögerte.

»Ich muss auch los«, sagte Sebi. »Zum Schleimbold«, erklärte er mit abgrundtiefer Verachtung. »Mein Vater hält den für 'ne Art Geheimwaffe, weil er selbst aus **dir** einen guten Schüler gemacht hat.« Er warf Frido einen bösen Blick zu. »Und deshalb muss ich jetzt jeden Tag hin. Vielen Dank dafür, Frido!« Frido spürte ein mächtiges Zwicken und Zwacken im Bauch, genau an der Stelle, wo wahrscheinlich das schlechte Gewissen saß.

»Schwänz doch, du Baby«, rief Granaten-Emil.

»Spinnst du?«, fuhr Dunja ihn an und sah ein bisschen irritiert aus.

»Schon gut«, lenkte Granaten-Emil ein und lächelte sie an. »Ich mein ja bloß. Ich würde den langweiligen Scheiß nicht machen.«

»Klar, du bist ja auch der Coolste«, sagte Sebi und verdrehte die Augen. Dunja funkelte Sebi an.

»Du kannst doch bloß nicht vertragen, dass Emil sich nicht mehr alles gefallen lässt«, sagte Dunja.

»Ich hab's ja immer gesagt, du bist verknallt in den«, zischte Sebi.

»Du hast sie nicht alle!«, fauchte Dunja zurück, aber sie war plötzlich rot geworden.

Sebi verdrehte noch einmal die Augen. Dann ließ er sie einfach stehen und rollerte davon.

»Mann, Sebi!«, rief Dunja ihm hinterher. »Jetzt sei nicht blöd!« Aber der Spiegel-Emil legte ihr seine Hand auf die Schulter und guckte sie genauso an, wie manchmal die Männer in Mamas Liebesfilmen guckten, kurz bevor die Sache mit den Küssen kam und Frido lieber freiwillig ins Bett ging.

»Lass ihn«, sagte der Spiegel-Emil, »der steht halt einfach nicht auf mich.«

Er schwang sich auf sein BMX-Rad und fuhr davon.

Dunja starrte noch einen Augenblick dorthin, wo Sebi verschwunden war, dann nahm sie Jaros Skateboard und kurvte Granaten-Emil hinterher.

»Ich hoffe echt, du wirst bald wieder normal, Frido«, rief sie Frido im Wegfahren zu. »Vor allem für Sebi. Der hat zu Hause echt Stress.« Frido sah seinen Freunden geknickt hinterher.

»Wir müssen Sebi einweihen«, sagte Frido, als Emil neben ihm auftauchte. Er hatte sich versteckt gehalten wie immer an den Nachmittagen, wenn Granaten-Emil im alten Freibad auftauchte.

»Nie im Leben!« Emil sah ihn entsetzt an. »Der sagt das Dunja und dann findet Dunja mich nicht mehr toll.«

»Mann, Emil, Dunja findet doch nicht dich toll, sondern Granaten-Emil!«, rutschte es Frido heraus, und er bereute es sofort, als Emil ein langes Gesicht zog.

»Na und? Du hast ja auch keine guten Noten, sondern der Spiegel-Frido«, sagte Emil beleidigt. Frido fand, dass das etwas anderes war, und beide schwiegen eine Zeit lang.

»Und wenn Granaten-Emil dir deine Noten versaut?«

»Das kann der gar nicht. Ich habe gute Vorleistungen.« Emil schob mit der Schuhspitze etwas Laub zusammen.

»Hauptsache ist doch«, sagte er und schaute Frido fest an, »Hauptsache ist doch, dass der Spiegel-Frido **deine** Noten verbessert. Damit wir zusammen aufs Gymnasium können. Hast du das vergessen?«

»Und Sebi?«, fragte Frido leise. »Der ist doch unser Freund!«

»Falsch. Er ist **dein** Freund«, sagte Emil und verschränkte die Arme vor der Brust. Frido fielen die vielen Situationen ein, in denen Sebi gemein zu Emil gewesen war. Sebi würde sofort wieder auf Emil herumhacken, wenn er wüsste, dass Granaten-Emil nicht der echte Emil war.

»Okay«, sagte Frido. Er würde den Mund halten. Schließlich war Emil sein bester Freund und nicht Sebi. Bei diesem Gedanken ließ das Zwicken und Zwacken in Fridos Bauch ein bisschen nach. Bis zum Tag der Zeugnisvergabe.

EIN FAST PERFEKKTES ZEUGNIS

An diesem Morgen wurde Frido zum ersten Mal vor seinem Doppelgänger wach, so nervös war er. Auf keinen Fall konnte er warten, bis der mit dem Zeugnis am Nachmittag nach Hause kam. Und so schlich er sich in aller Frühe über den Schulhof und nahm seinen Platz in der Hecke ein. Kurz nach Schulbeginn schob sich Emil dazu.

»Hab ich's verpasst?« Frido schüttelte den Kopf. Die Klawitter machte noch den ganzen Tag normalen Unterricht. Den beiden Freunden schliefen die Beine ein, so lange mussten sie warten, bis die Lehrerin endlich eine braune Mappe hochhielt und rief: »Und jetzt zu den Zeugnissen.« Als sie auf Fridos Doppelgänger zuging, kribbelte es in Fridos Eingeweiden, als krabbele eine ganze Ameisenschar darin herum.

»Fridolin, also wirklich«, die Lehrerin machte eine lange Pause, sah den Spiegel-Frido ernst an und seufzte. »Was soll ich sagen?«

»Es hat nicht gereicht«, sagte Frido tonlos zu Emil. Doch dann lächelte die Lehrerin plötzlich und sagte:

»Ich bin beeindruckt. Eine derartige Leistungssteigerung ist mir in meiner ganzen Laufbahn noch nicht untergekommen! Mit diesem Zeugnis stehen dir alle Schulen offen!« Sie hielt dem Doppelgänger das Zeugnis hin, und Emil haute Frido, der immer noch benommen vor sich hin starrte, auf den Rücken.

»Du hast es geschafft! Du kannst aufs Gymmi!« Jetzt fiel der Groschen auch bei Frido. Er würde aufs Gymnasium gehen, zusammen mit Emil! Oder etwa nicht? Frido sah besorgt, dass Granaten-Emil gelangweilt auf seinem Stuhl kippelte, riesige Kaugummiblasen blies und die Lehrerin keines Blickes würdigte.

»Was, wenn du es jetzt nicht schaffst?!« Frido starrte Emil beunruhigt an.

»Quatsch«, sagte Emil. Ganz sicher schien sich Emil aber nicht zu sein, denn Frido sah, wie er sich selbst die Daumen hielt, als die Klawitter an das Pult von Granaten-Emil trat. Frau Klawitter redete viel von zugedrückten Augen und verschenktem »Potenzial«, und Emil erklärte Frido, dass sie damit sagen wolle, er, also Granaten-Emil, habe seine Möglichkeiten nicht ausgeschöpft. Sie wusste ja nicht, dass Granaten-Emils Potenz-Dings ganz woanders lag. Alles in allem schien es für Emil gereicht zu haben. Doch nicht alle hatten es geschafft.

»Was sagt der Origami-Lehrer zu seinem Schüler? Das kannst du knicken!«, rief Sebi in die Klasse. Otto, der neben Sebi saß, kicherte, verstummte allerdings sofort, als er den Blick der Lehrerin sah. Einen Moment später war es Sebi, der geknickt aus der Wäsche schaute. Denn Frau Klawitter sagte:

»Sebastian, leider hat die Nachhilfe bei dir nicht so ein Wunder bewirkt wie bei Fridolin.« Fridos Hochgefühl verschwand sofort, als Sebi über seinem Zeugnis zusammensank. Plötzlich zeigte Sebi auf Fridos Doppelgänger und rief:

»Ich wette, der Streber da vorne ist gar nicht der echte Frido!« Frido und Emil erstarrten. Alle in der Klasse sahen irritiert erst Sebi, dann den Spiegel-Frido an und tuschelten.

»Was meint er denn damit, nicht der echte Frido?«

»Spinnt der?«

»Er weiß Bescheid!«, flüsterte Frido.

»Quatsch, woher denn?«, sagte Emil, und dann sagten beide nichts mehr, weil sich Fridos Doppelgänger wie in Zeitlupe zu Sebi umdrehte und ganz langsam sagte:

»Du bist doch nur sauer, weil du so dumm bist.«

»Fridolin!« Frau Klawitter war genauso entsetzt wie Emil und Frido vor dem Fenster.

»Du kannst doch nicht zu Sebi sagen, dass er dumm ist!«, fuhr Frido seinen Doppelgänger an. Er war ihm erneut auf die Toilette gefolgt.

»Es entspricht aber den Tatsachen.« Damit schlug der Spiegel-Frido seinem Original die Kabinentür vor der Nase zu.

»Sebi ist aber nicht dumm! Er tut sich nur schwer mit dem Lernen«, verteidigte Frido seinen Freund und stieß die Toilettentür wieder auf.

»Genau wie du«, sagte der Spiegel-Frido. Dann guckte er wie ein Hund, der ein Kunststück macht und dafür kein Leckerli bekommt. Irgendwie enttäuscht.

»Ich finde, du könntest dich ruhig mal bedanken, anstatt mich so anzuschreien. Ich musste mich ganz schön anstrengen, um deine schlechten Vorleistungen wieder auszugleichen. Und jetzt kannst du mit den Noten sogar auf das begehrte Wilhelms-Gymnasium. Jeder, der es zu etwas bringen will, möchte diese Schule besuchen.« Sofort hatte Frido ein schlechtes Gewissen.

»Äh, ja, danke«, sagte er kleinlaut.

»Gern geschehen.« Der Dackelblick des anderen wich dem steifen Marionettenlächeln, das Frido schon kannte.

»Dürfte ich jetzt mal …?« Der Spiegel-Frido wedelte Frido aus der Toilette und sperrte ab. Für einen Moment stand Frido etwas unentschlossen herum.

»Wenn Sebi auch so einen hätte wie dich, könnte er es vielleicht immer noch schaffen«, dachte er laut in Richtung der geschlossenen Tür.

»Das hättest du dir überlegen müssen, bevor dein Emil diesen Schwachkopf aus dem Spiegel befreit hat«, tönte es aus der Kabine. »Mehr als zwei Doppelgänger sind einfach zu riskant.«

Plötzlich hatte Frido eine Idee. In Windeseile kletterte er in der Nachbarkabine auf den Toilettendeckel und lugte über die Absperrung.

»Aber **du** könntest ja jetzt wieder gehen!« Er grinste den anderen erleichtert an. Der blickte etwas verständnislos von der Kloschüssel nach oben. »Ich brauche dich ja jetzt nicht mehr«, erklärte Frido. Im Gesicht des anderen zuckte es. Für einen kurzen Moment hatte Frido Angst, das Spiegel-Ich müsse vielleicht groß und

mache deshalb so ein Gesicht. Aber dann zog das Spiegel-Ich seine Hose nach oben und betätigte die Spülung

»Ich kann ja jetzt aufs Gymnasium. Und du hast doch selbst gesagt, dass du keine Lust mehr hast, dich andauernd zu verstecken.«

Frido sprang vom Klodeckel und öffnete die Tür. Der Spiegel-Frido hatte inzwischen die Klokabine verlassen und wusch sich die Hände. Da er sich nicht spiegelte, konnte Frido seinen Gesichtsausdruck nicht sehen.

»Bist du jetzt beleidigt?«, fragte er deshalb.

Der andere drehte sich zu ihm um. Wieder schnellten seine Mundwinkel nach oben, ohne dass die Augen mitlächelten.

»Wieso sollte ich beleidigt sein? Wenn du mich nicht mehr brauchst, gehe ich. Aber vielleicht denkst du noch mal darüber nach. Das Gymnasium wird noch viel anstrengender.« Damit verließ der Spiegel-Frido die Toilette.

Kurz flatterten Fridos Gedanken durcheinander wie ein aufgescheuchter Schwarm Vögel. »Nie wieder freie Vormittage«, piepste es in einer Ecke seines Gehirns. »Endlich wieder gut mit Sebi«, in der anderen. »Was wird aus Emil?«, schnatterte es laut dazwischen, als jemand die Tür zum Waschraum öffnete. Schnell zog Frido die Tür zu seiner Kabine zu. Er linste durch den schmalen Spalt. Es war Sebi. Sebi ließ sich am Heizkörper nach unten auf den Boden rutschen, schlang die Arme um die Knie und schniefte.

»Hey, Sebi«, hörte Frido sich sagen, bevor er nachgedacht hatte. Sebi sah auf. Als er Frido im Türspalt erkannte, wischte er sich schnell über die Augen und sprang auf.

»Was willst du?«

»Äh, ich war nur pinkeln«, log Frido und schob die Tür auf.

»Schon wieder?« Als Frido ihn irritiert ansah, wurden Sebis Augen klein. »Du bist doch grad erst rausgegangen.«

»Ach so. Ja. Ich hab wohl was Komisches gegessen. Da musste ich noch mal.«

»Pinkeln.«

»Ja, nee, äh, das andere.«

»Aha.« Sebi sah ihn skeptisch an. Einen Moment lang, der sich zog wie Kaugummi, sagte keiner von beiden etwas.

»Danke übrigens, dass du mit mir lernen möchtest«, brach Sebi als Erster das Schweigen. Frido sah Sebi verständnislos an. »Das hast du mir doch angeboten. Eben. Auf dem Flur.«

In Fridos Kopf blitzte und britzelte es wie in einer Hochspannungsleitung, so schnell versuchte er zu verstehen, was passiert war: Sebi hatte vor der Tür Fridos Spiegel-Ich getroffen. Und der hatte ihm angeboten, mit ihm zu lernen. Aber das konnte nur heißen … Der andere hatte doch etwas verstanden! Puh! Das wurde aber auch Zeit! Ein Lächeln ging über Fridos Gesicht.

»Ach so, ja, klar. Klar lern ich mit dir.« Sebi sah Frido immer noch so komisch an.

»Falls ich nicht zu dumm bin.« Frido schluckte.

»Sebi, das war blöd, was der … also ich meine, was ich da vorhin gesagt habe. Das … äh … war nicht so gemeint.«

Für einen Moment schwiegen beide.

»Sag mal, wie hast du das gemeint mit ›Ich sei nicht der echte Frido‹?« Frido hielt den Atem an.

»Ach, das. Ich war eben sauer«, sagte

Sebi. »Ist doch klar, dass es dich nur ein Mal geben kann. Oder?« Sebi lächelte. Irgendwas kam Frido an Sebis Lächeln seltsam vor, doch ehe er wusste, was, sagte Sebi:

»Ey, Frido! Wie nennt man einen intelligenten Toilettenbenutzer? – Klugscheißer!« Frido atmete auf. Wenn Sebi zu Flachwitzen aufgelegt war, war das ein gutes Zeichen. Sicherheitshalber fragte er trotzdem noch mal nach:

»Sind wir wieder Freunde?«

»Klar«, sagte Sebi. Er lächelte immer noch.

Erleichtert dachte Frido, dass alles gut werden würde: Der Spiegel-Frido würde mit Sebi üben. Bestimmt schaffte Sebi es dann doch noch aufs Gymnasium. Wenn auch vielleicht nicht auf das »begehrte« Gymnasium, das Fridos Doppelgänger für ihn ausgesucht hatte.

HURRA, HURRA, DIE SCHULE BRENNT

Das Wilhelms-Gymnasium war ein riesiger alter Kasten mit Löwenköpfen und ernsten halb nackten Männer- und Frauenfiguren auf der Fassade. Die Decke der großen Pausenhalle wurde von hohen Säulen getragen und hatte gar nichts gemein mit der Pausenhalle der Grundschule, die voller Bastelarbeiten ihrer Schüler hing. Stattdessen saßen hier vier Kinder auf einem Podest und kratzten auf Instrumenten herum, die alle aussahen wie Emils Geige, nur waren sie unterschiedlich groß. Die Leute sprachen vornehm mit gedämpften Stimmen und alles klang sehr feierlich. Frido fand das Wilhelms-Gymnasium ziemlich einschüchternd, und kurz bereute er, nicht seinen Doppelgänger zu dieser Schulbesichtigung geschickt zu haben. Aber der hatte gesagt, das Wilhelms-Gymnasium sei schließlich Fridos künftige Schule, die solle er sich selber ansehen, damit er wüsste, was auf ihn zukam. Wer jetzt gerade auf ihn zukam,

war zu Fridos Erstaunen Sebi. Anscheinend setzte er großes Vertrauen in die Lehrkünste von Spiegel-Frido. Nur, dass er nicht besonders entspannt aussah. Sein Vater umfasste Sebis Schulter und manövrierte ihn auf Frido und dessen Eltern zu. Sebis Vater trug einen piekfeinen Anzug und auch Sebi war in einen gesteckt worden. Zusammen sahen sie ein bisschen aus wie ein großer strenger und ein kleiner unglücklicher Pinguin.

»Na, euer Frido hat's ja anscheinend geschafft. Gratulation!«, sagte Sebis Vater, und Frido fand, er klang dabei so, als wäre es ihm lieber, Frido hätte es nicht geschafft. Aber dann sagte Sebis Vater zu Frido:

»Vielleicht kannst du meinem Sohn mal beibringen, dass man sich auf den Hintern setzen muss, wenn man es zu etwas bringen will.« Frido wusste gar nicht, wo er hingucken sollte, jedenfalls guckte er lieber nicht zu Sebi, sondern auf seine Schuhspitzen.

»Ähm ...«, machten Fridos Papa und Fridos Mama gleichzeitig, weiter kamen sie nicht.

»Wir klagen den Platz hier ein, wozu bin ich Rechtsanwalt«, sagte Sebis Vater. »Aber verdient hat er's nicht.« Dabei guckte er seinen Sohn missbilligend an.

»Doch, hat er **wohl**«, sagte Frido jetzt. »Und außerdem lernen wir jetzt gemeinsam.«

Frido lächelte Sebi an, aber der lächelte nicht zurück. Er gab ihm nur mit den Augen zu verstehen, dass er mit ihm sprechen wollte. Während Sebis Vater weiter quasselte, schoben sich die beiden Jungs etwas an die Seite.

Im nächsten Moment wünschte Frido, er hätte sich nicht von der Stelle gerührt. Denn Sebi sagte:

»Bist du jetzt Frido oder die Kackfrisur, die so tut, als sei sie du?«

»W-was meinst du?«, frage Frido erschrocken. Und Sebi sagte:

»Tu doch nicht so blöd.« Dann entdeckte er etwas hinter Frido und sagte hämisch grinsend:

»Bei Emil-Leopold sieht man sofort, dass er nicht der Coolfühler ist, der Jaro und Bocki vermöbelt hat.«

Frido schaute sich um und sah, dass Emil hinter seinen Eltern durch die Pausenhalle eierte. Er trug zwar keine Brille und versuchte, den Cowboygang von Granaten-Emil nachzuahmen, aber er sah dabei ziemlich albern aus und rannte gegen eine der Säulen. Klar, ohne Brille war Emil fast so blind wie ein Maulwurf.

»Benimm dich bitte, Emil!«, hörte man Emils Mutter sagen. Sie sah irgendwie blasser aus als sonst.

»E-es geht doch um deine Zukunft«, rief sie leise und ihre Stimme zitterte. Emil holte seine Brille aus der Hosentasche hervor und setzte sie sich auf die Nase. Als er Sebi entdeckte, war es zu spät, sie wieder verschwinden zu lassen.

»Na, ihr Luschen?«, versuchte Emil es trotzdem, als er bei Frido und Sebi ankam. Sebi beachtete ihn gar nicht. Er sagte zu Frido:

»Gestern auf dem Schulklo: Die Kackfrisur hatte mir gar nicht angeboten, mit mir zu lernen. Das habe ich nur zum Test gesagt. Und du bist drauf reingefallen.« In Fridos Kopf fing eine Alarmglocke zu schrillen an. Sebi redete einfach weiter:

»Und dann hab ich vor deinem Haus gewartet. Und ich hab euch gesehen! Dich und deinen Doppelgänger! Es gibt euch zweimal! Du bist nicht der Super-Streber und der da kann immer noch keinen Ball fan-

gen. – Fang!« Sebi machte eine Bewegung, als werfe er Emil etwas zu, und Emil riss erschrocken die Arme hoch und sah aus, als hielte ihm jemand eine Pistole vor die Nase. Sebi geierte höhnisch.

»Ihr sagt mir jetzt, wie ihr das gemacht habt! Ich will auch so eine Lernmaschine!«

»Du hast doch nicht mehr alle Tassen im Schrank!«, sagte Emil.

»Ach ja?«, fauchte Sebi, und zu Fridos Entsetzen zog er sein Smartphone aus der anderen Hosentasche und sagte: »Zufälligerweise kann ich alles beweisen!« Er drückte auf seinem Display herum und hielt ihnen das Handy vor die Nase. Auf dem Display lief ein Video, das er am Tag zuvor von draußen durch Fridos Fenster aufgenommen haben musste. Hinter der Scheibe waren deutlich Frido und sein Doppelgänger zu erkennen, wie sie miteinander redeten. Frido erinnerte sich, dass er aus den Augenwinkeln in der Dunkelheit einen Schatten auf den Müllcontainern gesehen hatte. Aber als er ans Fenster getreten war, war dort niemand gewesen.

»Ja, jetzt sagt ihr nichts mehr, was?!«, sagte Sebi und riss das Handy hoch, als Frido danach greifen wollte.

»Guter Filmtrick«, startete Emil einen Versuch, aber Sebi zischte ihn böse an:

»Ich warne euch: Entweder ihr sagt mir, was los ist, oder ich schicke das an alle!« In diesem Moment schnappte ihm jemand das Handy aus der Hand. Frido sah zu, wie es in der Anzugjacke von Sebis Vater verschwand.

»Geht's auch **ein Mal** ohne das Ding?«, fragte er und zog seinen Sohn mit sich. »Es geht los!« Sebi drehte sich noch einmal zu Emil und Frido um und zeigte mit zwei Fingern erst auf seine Augen und dann auf die beiden Freunde.

»Mann, Emil, wir müssen Sebi einweihen, sonst fliegen wir auf!«, flüsterte Frido aufgeregt. Doch Emil flüsterte noch aufgeregter zurück:

»Falsch. Wir fliegen auf, **wenn** wir Sebi einweihen. Wir müssen an das Handy ran!«

Das war leichter gesagt als getan. Frido dachte fieberhaft nach, wie man an das verflixte Handy kommen könnte, als er still neben Emil in der Aula saß. Von der Rede des Direktors auf dem Podium bekam er kaum etwas mit. Er malte sich aus, wie er mit reiner Willenskraft das Handy dazu bringen würde, aus der Anzugtasche von Sebis Vater zu schweben und auf Nimmerwiedersehen durch das Fenster der Aula zu verschwinden. Sein Blick fiel auf die Kaffeetasse, die sein Papa in den Händen hielt, und er dachte kurz daran, den Kaffee über die Jacke von Sebis Vater zu schütten. Dann könnte Emil sich netterweise anbieten, die Jacke schnell auszuwaschen, und … Frido verwarf diese nicht besonders vielversprechenden Ideen.

In dem Augenblick sagte der Direktor auch schon:

»Viel Spaß im Unterricht!«, und alle erhoben sich von ihren Plätzen.

»Was machen wir denn jetzt?!«, wisperte Frido Emil zu, als sie wieder in der Pausenhalle standen. Emil starrte ihn nur an.

»Ist alles in Ordnung mit dir, Frido?«, fragte Mama und schaute ihn besorgt an.

»Hier, esst was!«, sagte Papa und hielt Emil und ihm ein Stück Kuchen vom Buffet hin. »Ich glaub, das ist das Beste, was

der Schuppen hier zu bieten hat.« Aber keiner hatte Hunger. Papa schaute sich um.

»Verstehe. Hier kann einem echt der Appetit vergehen. Da will man ja lieber im Seniorenheim zur Schule gehen als hier, was, Frido?«

»Mensch, Michael, es war doch Fridos Wunsch, aufs Wilhelm zu gehen«, zischte Mama Papa zu.

»Klar«, sagte Papa. »Aber vielleicht überlegt er es sich gerade anders.« Papa konnte ja nicht ahnen, dass Frido bald gar nicht mehr zur Schule gehen würde. Schließlich hatte er alle betrogen und dafür landete man möglicherweise im Gefängnis. Auf jeden Fall würde ihn keine Schule der Welt mehr haben wollen, und Mama würde ihn vielleicht auch nicht mehr haben wollen und …

»Kann ich bitte mein Handy wiederhaben?«, meldete sich eine Stimme zu Wort. Sebi und sein Vater standen plötzlich neben ihnen, und Frido und Emil sahen wie hypnotisiert zu, wie das Handy aus der Anzugtasche von Sebis Vater hervorkam und in Sebis Hand wanderte. Er bedachte sie mit einem Blick, der nichts Gutes verhieß.

»Frido ist gar kein guter Schüler!«, trompetete er los. »Frido und Emil gibt es doppelt, und ich kann's beweisen!«

»Was redest du denn da?!«, stieß Sebis Vater scharf hervor. »Das ist jetzt deine Ausrede, um dich vorm Lernen zu drücken, oder was?«

»Vielleicht machst du deinem Sohn ein bisschen zu viel Druck«, sagte Fridos Papa. In diesem Moment hielt Sebi sein Handy in die Höhe, und als er es so herum drehte, dass alle das Display sehen konnten, hatte Frido plötzlich das Gefühl, dass die Welt ganz still wurde. Frido sah, wie Sebis Finger auf das Display tippte, und dann schloss Frido die Augen, weil er nicht in die Gesichter von Mama und Papa schauen wollte, wenn sie entdeckten, was für ein mieser Betrüger er war. Plötzlich drang ein Geräusch von draußen an Fridos Ohren. Als er die Augen aufriss, sah er Emil am Boden liegen und sich wieder aufrappeln.

»Ich bin gestolpert«, sagte Emil und lächelte wie ein Unschuldsengel. Über seinen Kopf segelte Sebis Handy durch die Luft. Emil musste es Sebi aus der Hand geschlagen haben. Der machte einen Hechtsprung, um das Handy zu erwischen. Aber er verfehlte es.

Dann ging plötzlich alles sehr schnell. Das Handy landete mit einem hässlichen Geräusch auf dem Steinboden, und weil Sebis Vater einen Schritt nach vorne machte, um danach zu greifen, und dabei Emils Mutter anrempelte, verlor die das Gleichgewicht. Sie ruderte mit den Armen und suchte nach Halt. Kurz darauf bohrte sich der Stöckelabsatz ihres Stiefels wie ein Dolch in Sebis Handy. Das Gerät blähte sich ganz komisch auf. Es platzte mit einem PENG und oben loderte eine Flamme aus dem Handy. Ein unbeschreiblicher Tumult brach los. Emils Mutter schrie, denn ihr Stöckelabsatz steckte noch in dem brennenden Handy, Emils Vater versuchte, den Fuß seiner Frau aus dem Stiefel zu befreien, und der Direktor schäumte alle mit dem Feuerlöscher ein, während der Feueralarm losheulte. Frido und Emil tauschten einen sehr erleichterten und sehr verstohlenen Blick.

»Emil hat das mit Absicht gemacht!«, rief Sebi, den Tränen nahe. »Er wollte verhindern …«

»Schluss jetzt!«, kommandierte sein Vater. Sebi verstummte. Er starrte auf

sein Handy, das keinen guten Eindruck machte. Plötzlich sah Sebi total verloren aus. Und genauso plötzlich meldete sich Fridos schlechtes Gewissen zurück.

»Du bist der mieseste Freund, den es gibt«, schrie Sebi Frido an. Dann rannte er auf und davon und verschwand im Gewühl.

»Sebi!«, schrie sein Vater und nahm die Verfolgung auf. Vor der Schule tauchte jetzt auch noch die Feuerwehr auf.

»Die sind doch nicht mehr ganz normal«, sagte Fridos Papa, der Sebi und seinem Vater kopfschüttelnd hinterherschaute.

»Armer Sebi«, sagte Mama.

Frido wollte sich lieber nicht ausmalen, was Mama und Papa gesagt hätten, wenn sie das Video auf Sebis Telefon gesehen hätten.

ZWEI SIND EINER ZU VIEL

»Und? Ich hoffe, deine neue Schule hat dir gefallen?« Mit diesen Worten wurde Frido vom Spiegel-Frido in seinem Zimmer empfangen. Frido antwortete nicht. Eigentlich hatte er nur schnell seine Übernachtungstasche holen wollen. Draußen wartete Papa auf ihn. Sie wollten das Papa-Wochenende auf dem Sofa einläuten, mit Frido-Spezialpizza, Limo und Bundesliga, und das Spiel begann in einer halben Stunde. Doch anstatt sich zu beeilen, starrte Frido stumm seinen Doppelgänger an, der soeben Fridos Zeichnungen von der Wand riss. Neben ihm stand ein großer Karton, der bis oben hin mit Fridos Sachen gefüllt war.

»Was machst du da?«, stieß Frido hervor.

»Ich räume auf. Ein klarer Geist braucht eine klare Raumgestaltung«, antwortete der Spiegel-Frido, hob den Karton hoch und trug ihn an Frido vorbei aus dem

Zimmer hinaus. Frido wollte ihm folgen, doch ausgerechnet da betrat Mama die Wohnung.

»Ist das deine Übernachtungstasche?«, witzelte sie.

Der Spiegel-Frido sagte, während er sich an ihr vorbeiquetschte: »Nein. Das ist Krempel, den ich in den Müll bringe.«

In den Müll?! Der hatte sie wohl nicht mehr alle! Frido ballte die Fäuste, weil er den anderen wegen Mama nicht aufhalten konnte. Durch das Fenster sah er, wie der Spiegel-Frido den Karton an Papa vorbei zum Müllcontainer schleppte. Frido lauerte ungeduldig darauf, dass Mama endlich in der Küche verschwand. Dann huschte er aus der Wohnung.

Vor dem Müllcontainer bremste Frido und duckte sich hinter ein Auto. Papa stand mit seinem Fahrrad neben dem Spiegel-Frido, der mit beiden Händen Fridos Sachen im Container verklappte.

»Ich interessiere mich jetzt für vernünftige Dinge«, hörte Frido seinen Doppelgänger sagen. Frido verdrehte die Augen, doch eine Sekunde später schnappte er entsetzt nach Luft. Der Spiegel-Frido sagte nämlich zu Papa: »Ich möchte kein Loser werden. So wie du!«

Papa froren die Gesichtszüge ein. Frido war fassungslos. Wie konnte der denn so etwas zu Papa sagen?!

»Sag mal …«, fing Papa an und drehte den Spiegel-Frido an der Schulter zu sich um. »Redet Mama dir so was ein?« Der Spiegel-Frido entwand Papa seine Schulter.

»Ich möchte, dass du gehst. Ich bin jetzt ein Elite-Schüler und du bist kein guter Umgang mehr für mich.« Frido traute seinen Ohren nicht. Hatte der Spiegel-Frido gerade Papa aus seinem Leben geschmissen?!

Papa brauchte einen Moment, dann sagte er:

»Das ist doch alles total schizo hier.« Er schwang sich auf sein Fahrrad und trat in die Pedale. Nein! Nein! Papa durfte nicht wegfahren! Frido stürzte verzweifelt aus seiner Deckung und rannte Papa hinterher.

»Papa!«, schrie er. »Papa!« Aber der drehte sich nicht mehr um. Frido verfolgte ihn bis zur nächsten Hausecke, bevor er keuchend stoppte. Er drehte sich um und sah den Spiegel-Frido mit dem leeren Karton zur Haustür gehen. Und plötzlich sah Frido rot.

Gerade als der Spiegel-Frido im Hauseingang verschwinden wollte, riss Frido ihn am Schlafittchen zurück. Der Karton flog dem Spiegel-Frido aus der Hand, und Frido schubste ihn, sodass er mit dem Rücken an die Hauswand knallte.

»Wenn du so mit meinem Papa umgehst, kannst du direkt die Biege machen, kapiert?!«, brüllte Frido seinen Doppelgänger an. Der hob hochmütig die Augenbrauen und stieß einen hämischen Lacher aus.

»Mama sieht das sicher anders«, sagte der Spiegel-Frido. »Mama mag keine Versager, verstehst du das nicht?« Frido war kurz davor, dem anderen seine Faust ins Gesicht zu pflanzen.

»Hau ab!«, stieß er hervor. »Hau sofort ab!« Der andere bedachte ihn mit einem mitleidigen Blick.

»Dir ist schon klar, dass eigentlich **ich** aufs Gymnasium darf?«, sagte er mit schneidender Stimme. »Was, meinst du, würde Mama sagen, wenn du plötzlich wieder der Alte wärst? Glaubst du nicht, sie möchte lieber

einen perfekten Sohn? Wie mich?« Sein Mund verzerrte sich zu einem verschlagenen Eidechsenlächeln. Frido fröstelte. Ihm dämmerte, dass der Spiegel-Frido nicht nur seine Sachen in den Müll und Papa aus seinem Leben schmiss. Er wollte Frido aus seinem Leben schmeißen!

»Bist du bescheuert?! Hau bloß ab! Verpiss dich!«, fauchte er außer sich.

»Das willst du nicht wirklich. Du brauchst mich noch«, sagte der Spiegel-Frido gelassen.

»Ich brauch dich **gar** nicht mehr! Und du hast gesagt, du gehst, wenn ich dich nicht mehr brauche«, presste Frido durch die Zähne.

»Du hast die Regeln zuerst gebrochen«, sagte der andere. Frido wollte sich auf ihn stürzen, doch der andere hob plötzlich beschwichtigend die Hände. »Schon gut. Der Klügere gibt nach.« Zu Fridos Überraschung drückte sich der Spiegel-Frido tatsächlich an ihm vorbei und ging. Er drehte sich noch mal um. »Ich bin sicher, wir sehen uns wieder.« Ein letztes Mal lächelte Fridos Spiegel-Ich sein falsches Lächeln. Dann verschwand er im Nieselregen.

Frido sah ihm nach, dann ging er sein Hab und Gut zusammenklauben. Dabei sprang ihn ein Gedanke aus dem Hinterhalt an wie ein wildes Tier: Er musste Emil warnen! Wer konnte wissen, wann Emils Doppelgänger auf die Idee kommen würde durchzudrehen?

»Sag mal, was ist denn jetzt? Du wolltest doch zu Papa?!«, empfing Mama ihn in der Wohnung.

»Ja, nein, hab's mir anders überlegt, ich muss aufs Klo!«, rief Frido und sperrte das Bad hinter sich ab.

»Emil, die Doppelgänger sind gefährlich! Die wollen uns unser

Leben wegnehmen!«, flüsterte er zwei Minuten später eindringlich in sein Handy. »Verstehst du, du musst Granaten-Emil unbedingt loswerden, so schnell wie möglich!« Frido saß auf dem Toilettendeckel und zitterte vor Aufregung. Doch Emil schien alles andere als begeistert.

»Was? Wieso denn? Dunja fängt doch gerade an, mich zu mögen.« Mann! Seit Emils Gehirn nur noch rosa Dunja-Herzchen funkte, war mit ihm nicht mehr zu reden! Wieso kapierte Emil nicht, dass es hier um viel mehr ging?

»Mann, Emil, raffst du es nicht? Die mag nicht dich. Die mag den coolen Emil!« Am anderen Ende war es plötzlich ganz still. Dann zischte Emil:

»Wer rafft hier nichts? Wie willst du denn die Schule schaffen ohne deinen Oberstreber?« Noch bevor Frido etwas erwidern konnte, hatte Emil aufgelegt.

»Mann, Emil!« Wütend warf Frido sein Handy in den Korb mit Dreckwäsche.

»Frido, kannst du mir mal erklären, was los ist?«, rief Mama von draußen und klopfte an die Badezimmertür.

»Komme!«, rief Frido, drückte die Klospülung und wollte eben seine Hände einseifen, als ihm der Schreck in die Glieder fuhr. Der Spiegel über dem Waschbecken war nach wie vor leer. Nicht mal Fridos Nasenspitze war zu sehen. Es dauert vielleicht, bis der andere im Labyrinth ankommt, versuchte er sich zu beruhigen. Doch auch später beim Zähneputzen war das Spiegelbild noch immer verschwunden.

UNHEIMLICH PERFE~~K~~KT MAL UNENDLICH OFT PLUS FRIDO IN NORMAL

Frido hatte an dem Abend noch mit Papa telefoniert. Der hatte zwar gesagt, dass er nicht sauer auf Frido war, aber danach hatte er mit Mama sprechen wollen. Und Frido hatte durch die Tür gehört, dass Mama sich wieder mit Papa gestritten hatte. Als sie endlich auflegte, war es zu spät, um Emil noch einmal anzurufen. Das musste bis morgen warten. Morgen war Sonntag und Emil war sicher den ganzen Tag im Freibad. Emil würde zur Vernunft kommen, wenn Frido ihm erzählte, was passiert war. Dann würden sie Granaten-Emil in den Spiegel zurückbringen und am Montag gemeinsam in die Schule gehen. Wie früher. Beim Gedanken daran, dass er ab jetzt wieder selbst in den Unterricht gehen musste, funkte sein Gehirn SOS. Vor dem Zu-Bett-Gehen warf er noch einen Blick in seine Schulhefte. Und sofort fühlte er sich wie ein Nichtschwimmer im Schwimmerbecken. Kein Wunder, er war ja eine Ewigkeit nicht in der Schule gewesen! Panisch stand Frido auf, setzte sich an den Schreibtisch und versuchte, das Verpasste nachzuarbeiten. Die Zahlen und Buchstaben wirbelten um ihn herum, bis er glaubte, in ihrem Strudel unterzugehen. Die Nacht verging. Er wusste nicht mehr, wo oben und unten war. Als er Mama im Türrahmen stehen sah, war er sich nicht sicher, ob sie dort wirklich in ihrem Morgenmantel stand oder ob er eine Fata Morgana hatte, oder wie das hieß, wenn man etwas sah, was in Wirklichkeit gar nicht da war. Genau genommen wäre es dann natürlich eine Mama Morgana.

Die Mama im Türrahmen guckte jedenfalls, als hätte sie eine Frido Morgana, als sie Frido im Schlafshirt am Schreibtisch sitzen sah und sagte: »Frido, es ist fünf Uhr morgens!«

»Ich muss das doch können«, sagte Frido und seine Stimme klang kläglich. Das fand wohl auch Mama, die sich neben ihn kniete und ihn mit einem besorgten Mamablick ansah.

»Du, Frido, dass du dich so anstrengst in der Schule … machst du das nur meinetwegen? Weil ich dir Druck mache?« Das klang, als hielte Mama ihm einen Rettungsring hin. Denn eine Mama, dachte Frido, die so etwas sagte und so guckte, könnte vielleicht in der richtigen Stimmung dafür sein, dass er ihr die Wahrheit sagte und sie ihm nicht den Kopf abriss. Vielleicht sagte sie sogar so etwas wie:

»Gott sei Dank, mein armer Frido! Ich hab die ganze Zeit gespürt, dass du ein anderer warst. Und ich hab den anderen nicht eine Sekunde gemocht!« Frido griff nach dem Rettungsring.

»Du, Mama, der Frido in letzter Zeit, das war ein anderer«, hörte er sich sagen. Und dann zog Mama ihm den Rettungsring wieder vor der Nase weg.

»Klar«, sagte sie. »Aber das war nicht der schlechteste.« Sie zwinkerte Frido zu. Und Frido ging mit leisem Gluckern im kalten Wasser unter. Das Spiegel-Ich hatte also recht gehabt, Mama mochte Fridos besseres Ich. Vielleicht sogar lieber als ihn, das zweitklassige Original. Frido schluckte. Mama hob sein Kinn sanft mit dem Zeigefinger nach oben.

»Hey, Frido. Wenn dir das mit dem Lernen zu viel ist – ich wollte doch nur, dass du …«

»Nein, ich will das doch. Für meine Zukunft«, sagte Frido schnell.

»Ist ja auch schön, wenn du mit Emil auf einer Schule bleibst, nicht?«, sagte Mama. Doch Frido hörte nicht mehr richtig hin. Mama mag den anderen lieber, funkte sein Gehirn. Mama will ein perfektes Kind.

»Ist wirklich alles in Ordnung, Frido? Du bist plötzlich ganz bleich«, hörte er Mama dumpf und wie von weit weg sagen. Dann legte sich ihre kühle Hand auf seine heiße Stirn.

»Weißt du was: Heute wird nicht gelernt. Wer so ein gutes Zeugnis hat, hat eine Pause verdient.« Sie klappte Fridos Schulheft zu und strich Frido noch mal über den Kopf. Dann ging sie nach draußen, um Kaffee für sich und warmen Kakao für Frido zu machen. Nach dem Frühstück schlief Frido erschöpft ein, und als er aufwachte, war es Abend. Schon wieder zu spät, um Emil anzurufen.

Morgen musste Frido in die Schule, und dann würde Mama merken, dass er einfach nur er war.

Der Schulranzen wog schwer, als Frido am nächsten Tag über den Flur schlurfte. Überall tobten die Schüler herum, doch vor seinem eigenen Klassenzimmer war es leer. Hinter der geschlossenen Klassenzimmertür war kein Mucks zu hören. Frido blickte auf die Uhr im Schulflur. Es war fünf Minuten vor acht. War etwa gar keiner da? Vielleicht hatte Frau Klawitter eine ansteckende Krankheit mit eitrigen Punkten und musste bis zum Ende des Schuljahres zu Hause bleiben! Vielleicht also, nein, sehr wahrscheinlich sogar, war Frido plötzlich überzeugt, fiel der Unterricht aus. Zumindest heute und die nächsten Tage. Die dunkle Wolke, die Frido bis jetzt in die Schule begleitet hatte, löste sich mit einem Schlag auf. Frohgemut drückte Frido die Klinke nach unten. Und bekam einen Riesenschreck, als ihn von drinnen fünfundzwanzig Augenpaare anstarrten. Nur der Platz, auf dem Granaten-Emil hätte sitzen müssen, war leer. Mucksmäuschenstill saßen die anderen auf ihren Plätzen – und das, obwohl kein Lehrer da war. Irritiert huschte Frido auf seinen Platz.

»Hallo, Sebi«, sagte er schüchtern, doch der beachtete ihn nicht, sondern spitzte weiter seine Stifte. Kein Wunder, nach der Aktion im Gymnasium. Durch den Ärger mit seinem Spiegelbild hatte Frido gar nicht mehr daran gedacht.

»Tut mir leid, das mit deinem Handy«, wollte Frido gerade sagen, da schnellten sämtliche Schüler von ihren Stühlen hoch, als wären sie Figuren in einer Schießbude auf dem Jahrmarkt.

»Guten Morgen, Frau Klawitter«, riefen sie im Chor, als Frau Klawitter den Raum betrat. Sie sah leider ziemlich gesund aus. Schnell sprang auch Frido auf. Frau Klawitter blickte mit gekräuselten Augenbrauen auf die strammstehende Klasse und sagte: »Guten Morgen. Setzt euch doch.« ZACK, klappten alle Schüler auf ihre Stühle zurück. Mit etwas Verzögerung folgte Frido.

Dann klingelte es zur ersten Stunde und Frau Klawitter öffnete die Tafel. Frido wurde übel, als er die langen Zahlenschlangen an der Tafel sah.

»Heute üben wir Kopfrechnen«, sagte Frau Klawitter. Und als hätte sie gefragt, wer in der Pause ein Eis wolle, sausten alle Finger um Frido herum nach oben.

»Das ist Mathe«, sagte Frau Klawitter, für den Fall, dass die Klasse sie nicht richtig verstanden hatte. Doch als alle Finger oben blieben, rief sie Dunja auf, die von ihrem Platz hochschoss. Sie ratterte die Lösung der ersten langen Zahlenschlange herunter, als hätte sie einen Taschenrechner im Kopf. Erst als Dunja sich setzte, fiel Frido auf, dass ihre sonst wild abstehenden Locken in einem strengen Knoten gefangen waren. Sie sah aus wie eines dieser braven Ballettmädchen. Als sich ihre Blicke trafen, fröstelte Frido. Dunjas Blick war irgendwie unheimlich. So einen Blick hatte er erst vor Kurzem gesehen, bei …

»Fridolin, sei doch nicht so zurückhaltend, nur weil sich die anderen heute mal anstrengen.« Frau Klawitter riss ihn aus seinen Gedanken.

»188 plus 371 macht …?« Frido starrte auf die Zahlen an der Tafel. In seinem Kopf, wo bis eben sein Gehirn gewesen war, gähnte plötzlich ein großes Loch.

»Ja, die Aufgabe ist schon etwas komplizierter«, hörte er die Lehrerin sagen. »Wie ist der Rechenweg?«

›Der Rechenweg‹, dachte sein Gehirn, das wohl irgendwo als verschrumpelte Rosine in dem Loch in seinem Kopf lag.

»188 plus 371«, murmelte Frido und kritzelte die Zahlen in sein Heft.

»Im Kopf. Fridolin. Über den Rechenweg. Das dürfte für dich doch kein Problem sein.« Frido sah sie an. Dann wieder auf die Tafel. Dort tanzten die Zahlen wie ein Schwarm Mücken im Sommer. Es war unmöglich, sie zu fangen und zu ordnen. Die ganze Klasse starrte ihn an.

»539?« Hinter ihm lachte jemand auf. Es war ein hässliches, kaltes Lachen. Es kam von Sebi. Und es erinnerte Frido an …

»Sebastian. Es ist ja nicht so, dass du in Mathematik eine Leuchte bist«, verwarnte Frau Klawitter Sebi. Sofort schoss Sebi von seinem Stuhl in die Höhe.

»Ich bin sogar ein äußerst helles Licht in Mathematik, Frau Klawitter. 188 auf 200 aufrunden, die 12 von 371 abziehen, macht 359, addiert mit 200, ist 559.« Frido starrte Sebi an. Frau Klawitter starrte Sebi an. Seit wann konnte Sebi so gut rechnen? Und seit wann trug er seine Haare zur Seite gekämmt? Wie so ein Oberstreber …?

»Das ist …«, fand Frau Klawitter ihre Sprache wieder.

»Korrekt. Ich weiß«, fiel Sebi ihr ins Wort. »Nächste Aufgabe: 364 plus 479 …« Neben Sebi sprang Otto von seinem Platz auf und rief mit Sebi im Duett:

»Ist 843! 2650 plus 60 ist 2710. 848 000 minus 4500 ist …«

»843 500!« Das war Juli, die nun ebenfalls von ihrem Platz aufgesprungen war. Und plötzlich stand die ganze Klasse und rief im Chor:

»568 000 plus 3300 ist 571 300! 558 500 minus 64 598 ist 493 902! 1 068 966 plus 365 489 ist 1 434 455!« Entgeistert sah Frido seine Klassenkameraden an. Wie sie um die Wette rechneten! Die Kleidung sauber, die Haare gescheitelt, geschniegelt und ge-

striegelt. Ganz wie – perfekte Kinder. Aber das waren keine Kinder, das waren ihre Doppelgänger! Frido schnappte sich seinen Schulranzen und hastete entsetzt an der Lehrerin vorbei nach draußen.

Der Chor der Doppelgänger hallte Frido noch in den Ohren, als er sich auf seinem Fahrrad durch die Straßen kämpfte. Ein scharfer Wind pfiff ihm um die Ohren und peitschte ihm den Regen ins Gesicht. Frido keuchte vor Anstrengung, weil er schnellstens die größtmögliche Entfernung zwischen sich und seine neuen Klassenkameraden bringen wollte. Noch immer sträubten sich Frido die Nackenhaare, so unheimlich war die Begegnung mit ihnen gewesen. Mit jedem Straßenblock, den Frido hinter sich brachte, zog sich das Unbehagen ein bisschen mehr zurück, und mit jedem Tritt in die Pedale pumpte Frido stattdessen etwas anderes in seine Blutbahnen. Das war die heiße Wut auf Emil. Denn obwohl Frido es kaum glauben konnte, dass Emil etwas so Dummes getan haben konnte, war es sonnenklar, dass Emil ihr Geheimnis verraten, dass er gleich die ganze 4a eingeweiht hatte. Und es war genauso sonnenklar, wo Frido Verräter-Emil und seine Eingeweihten finden würde. Er lenkte sein Fahrrad schnurstracks zum alten Freibad. Doch plötzlich bremste er in voller Fahrt. Im Vorbeiflitzen hatte er eine vertraute Gestalt in einer Seitenstraße wahrgenommen. Irritiert schob er sein Fahrrad ein paar Schritte rückwärts und sah … Emil!? Frido stutzte, als hinter Emil zwei weitere Figuren auftauchten: Jaro und Bocki, die beiden Abzocker-Vollhonks vom Fahrradparkplatz. Doch dann sah Frido, wie Emil cowboymäßig vor ihnen hin und her stolzierte und wie die beiden Emil Geld aushändigten und um ihn herumwieselten wie zwei Hunde, die eifrig darauf warten, dass Herrchen ein Stöckchen wirft. Und da dämmerte es Frido, dass der Emil da vorne gar nicht der echte Emil war, sondern Granaten-Emil. Deshalb war der Platz an Emils Pult leer gewesen. Sein Doppelgänger hatte Besseres zu tun, als in die Schule zu gehen. Frido wandte sich ab und trat grimmig wieder in die Pedale.

Die fröhlichen Rufe und Juchzer waren schon zu hören, als Frido auf den Maschendrahtzaun zupreschte, der das Gelände des alten Freibads umgab. Er schmiss sein Fahrrad ins Gebüsch und kroch durch das Loch, das er mit Sebi und Dunja in den Zaun geschnitten hatte. Und dann sah er sie. Die 4a stand verteilt zwischen den Laubhaufen im großen Becken des Schwimmbads und schaute zu Emil auf, der im Nieselregen auf dem Einer-Sprungturm Anweisungen gab. Dabei fuchtelte er mit den Armen herum wie ein Verkehrspolizist.

»Decken und Feuerholz in die Umkleiden«, rief er. »Und die Vorräte sammeln wir beim Bademeister!« Vorräte? Anscheinend hatte man vor, hier länger zu bleiben. Sebi kam wie eine aufgebrachte Wespe auf Frido zugeschossen. Mit verschränkten Armen baute er sich unter ihm am Beckenrand auf.

»Du brauchst Emil gar nicht so anzuglotzen, du Verräter!«, stichelte er. »Du hättest ja auch mal was sagen können!«

»Genau!«, setzte Juli hinzu. »Du hast 'nen Doppelgänger und uns lässt du schuften. Weißt du, was unsere Eltern uns für Stress gemacht haben?«

»Scheiß-Egoist!«, tönte es von weiter hinten. Emil hörte auf, Anweisungen zu geben. Das Gemurmel der anderen erstarb. Frido starrte Emil an, und Emil starrte

Frido an. Er begann, umständlich vom Einmeterbrett herunterzuklettern, und sagte:

»Du musst das verstehen, Frido ...« Weiter kam er nicht, denn Frido wollte nichts verstehen, er wollte, dass **Emil** gefälligst was verstand! Er stiefelte auf Emil zu.

»Frido, ich wollte nur ...«, fing Emil noch einmal an.

»**Du** wolltest, dass wir Sebi **nicht** einweihen, schon vergessen?!« Jetzt stand Frido direkt vor Emil. Der wich einen Schritt zurück. Frido rückte Emil noch dichter auf die Pelle als vorher.

»Du bist nicht mehr gekommen«, sagte Emil. »Ich hab hier den ganzen Sonntag alleine herumgesessen. Ich dachte ...«

»Was dachtest du? Dass es eine Super-Idee ist, wenn sich die ganze Klasse Super-Streber aus dem Spiegel holt!?«

»Jetzt hör mir doch mal zu!«, sagte Emil etwas lauter als sonst. »Ich dachte, du bist sauer, weil wir uns am Telefon gestritten hatten. Und da wollte ich zu dir. Aber auf dem Weg, da bin ich leider Dunja begegnet. Mit Granaten-Emil, verstehst du?«

»Und da konntest du dich nicht rechtzeitig verstecken, oder was?«, sagte Frido.

»Denkst du vielleicht, ich hab Dunja extra in unser Geheimnis eingeweiht?«, sagte Emil. Ehrlich gesagt, dachte Frido genau das.

»Du wusstest, dass dein Granaten-Emil neuerdings mit den Vollidioten Jaro und Bocki rumhängt und dass Dunja das nicht gut finden würde. Und da hast du sie lieber eingeweiht«, stieß Frido hervor.

Emil schwieg. Sein Blick huschte verlegen zu Dunja und zurück zu Frido. Emil hatte wirklich nicht viel anderes im Kopf als Dunja.

»Mann, wach auf, Emil!«, schrie Frido jetzt. »Kapierst du noch irgendwas? Die nehmen uns unser Leben weg!« Und da antwortete Emil:

»Mir doch egal.« Frido dachte kurz, er habe sich verhört. Aber Emil wiederholte es noch einmal lauter:

»Mir doch egal. Von mir aus kann Granaten-Emil mein Leben behalten.«

»Bist du bescheuert?!« Frido war fassungslos.

»Du bist genau wie meine Eltern!«, brüllte Emil plötzlich los. »Was ich will, ist dir total egal! Hauptsache, ich bin der Idiot, von dem du abschreiben kannst! Ganz ehrlich, du kannst das mit dem Gymnasium doch eh vergessen. Ohne deinen Strebi packst du das da eh nicht!« ZACK! – ehe sich Frido am Riemen reißen konnte, landete seine Faust in Emils Gesicht. Emil sank um wie ein ohnmächtiges Burgfräulein, seine Brille landete im Dreck. Frido fuhr der Schreck in die Glieder und eine Welle heißer Scham kroch hinterher. Er hatte seinen besten Freund niedergestreckt und dabei konnte der sich doch nicht mal wehren.

»Emil!«, stieß er hervor und reichte Emil zitternd die Hand, um ihm aufzuhelfen. Doch da wurde er schon zurückgerissen. Gleich mehrere Kinder nahmen ihn in die Mangel und Dunja stellte sich zwischen Emil und ihn.

»Hast du noch alle Latten am Zaun?!«, brüllte sie ihn an. Hinter ihr rappelte Emil sich auf.

»Siehst du«, sagte er und angelte nach seiner Brille. »Siehst du, **das** sind jetzt meine Freunde. Das hättest du nicht gedacht, was?« Frido überlegte nicht lang. Er sagte:

»Mann, Emil, die finden dich in drei Tagen wieder genauso uncool, wie du nun mal bist!« Emils Gesicht verzerrte sich zu einer hässlichen Fratze. Er machte einen Schritt auf Frido zu, der sich immer noch im Klammergriff von Emils neuen Freunden befand.

»Du bist doch nur neidisch«, zischte Emil. »Weil du deinen Doppelgänger für immer brauchst!« Er kam noch etwas näher. »Ich wette, deine Mama will dich überhaupt nicht mehr zurück. Und ich brauch dich auch nicht mehr!«

Frido schüttelte mit einem Ruck die Hände ab, die ihn festhielten. Er wich drei Schritte zurück, ohne Emil aus den Augen zu lassen. Dann drehte er sich um und rannte davon. Sein Fahrrad blieb verwaist zurück.

Er wollte Emil nie wiedersehen. Tränenblind dotzte Frido gegen Passanten, stolperte über Hundeleinen und Baustellenkegel, ließ sich beschimpfen, und bei jedem Schritt boxte ihn sein Schulranzen hart in den Rücken. Frido hörte erst auf zu rennen, als er völlig außer Puste war. Da bog er in einen dunklen Hofeingang, sackte vornüber gegen eine feuchte Mauer und schnappte keuchend nach Luft. Erst jetzt merkte er, dass der Schulranzen an ihm zerrte wie ein Ringer-Schwergewicht, das ihn zu Boden zwingen wollte. Frido ruckelte halbherzig etwas an den Riemen und ließ sie über seine Schultern gleiten, er wollte den Klotz nur loswerden. Doch plötzlich spürte er das Gewicht im Rücken gar nicht mehr. Als Frido sich umdrehte, sah er mit Entsetzen, warum. Da stand sein Spiegelbild und hielt die Tasche lächelnd mit einer Hand am Henkel in die Höhe.

»Ich kann den nehmen«, sagte der Spiegel-Frido, als sei es das Normalste auf der Welt, ausgerechnet jetzt und ausgerechnet hier aufzutauchen. Während Frido ein kalter Schauer über den Rücken lief, befreite ihn der Spiegel-Frido mit einem eleganten Zupfer von seiner Last. Er sagte:

»Sieh es ein. Du wirst hier nicht mehr gebraucht.«

Plötzlich war es, als habe Frido irgendwo ein Loch, durch das alle Kraft aus ihm heraussickerte. Es stimmte ja. Niemand brauchte einen Frido wie ihn. Emil nicht, seine Mama nicht, Frau Klawitter nicht. Ein fehlerhafter Frido wurde auf der ganzen Welt nicht gebraucht. Selbst Papa wäre ohne ihn besser dran, weil er sich weniger mit Mama streiten musste.

»Komm, ich bringe dich zum Spiegel«, hörte er den Spiegel-Frido flüstern. Der andere streckte seine kalte Hand nach ihm aus. Das weckte Frido auf. Nicht hinhören, dachte er. Er presste sich die Hände auf die Ohren, wich vor dem anderen zurück und schlug einen Haken. Als er Hals über Kopf davonlief, drang der letzte Satz des Spiegel-Fridos schwach durch die Ritzen seiner Finger an seine Ohren:

»Du kannst nicht vor dir selbst davonlaufen!«

KEIN PLATZ FÜR LUSCHEN

»Du kannst nicht vor dir selbst davonlaufen.« Das klang fast wie eine dieser Lebensweisheiten, von denen jeden Monat eine neue auf dem Apotheken-Wandkalender zu lesen war, den Fridos Mama in der Küche aufgehängt hatte. Frido hatte sich nie besonders für Kalendersprüche interessiert. Jetzt würde er sogar freiwillig die Rezepte auf der Rückseite auswendig lernen, wenn er dabei nur zu Hause in Mamas Küche sitzen dürfte. Stattdessen lebte er in einem kleinen Holzverschlag und besaß einen geklauten Schlafsack. Seit seiner letzten Begegnung mit dem Spiegel-Frido war Frido nicht mehr zu Hause gewesen, und es würde für ihn auch künftig kein Zurück geben. Mama ahnte davon nichts. Die hatte ja jetzt einen perfekten Frido und war bestimmt sehr froh darüber. Frido versuchte, so wenig wie möglich an zu Hause zu denken.

Nachdem er es dem Spiegel-Frido überlassen hatte, hatte er zunächst nicht gewusst, wohin. Ins Freibad, zu Emil und den anderen, die nicht mehr seine Freunde waren, hatte er sich nicht getraut.

Schließlich machte er es so ähnlich wie Huckleberry Finn und zog in den Wald. Na ja, eigentlich war es kein richtiger Wald. Das zugewachsene Gelände lag unweit des alten Freibads und früher hatte hier eine Saunalandschaft gestanden. Nur noch ein paar verfallene Reste und morsche Bretter waren übrig, und die wurden schon lange von dornigen Brombeersträuchern und anderem Gestrüpp überwuchert. Alles in allem machte der Bereich einen wenig einladenden Eindruck und war zudem schwer zugänglich. Das war gut, denn so war die Gefahr unerwünschter Besucher weniger groß. Frido hatte kein Interesse daran, Polizisten oder anderen Leuten zu begegnen, die der Meinung sein könnten, dass zehnjährige Jungen kein vogelfreies Leben führen sollten. Er hatte sich eine verborgene Schneise durch das piksende Gestrüpp gebahnt und aus ein paar Brettern einen geduckten Verschlag gezimmert. Das nötige Werkzeug hatte er heimlich im alten Freibad ausgeliehen. Frido fand, das war sein gutes Recht, weil es ohnehin ihm gehörte. Ein größeres Problem hatte er damit, dass er Emil und den anderen regelmäßig Lebensmittel stibitzte. Andererseits hatte Emil es nicht besser verdient. Und von irgendwas musste Frido leben. Er konnte sich schließlich nicht mal einen ekligen Fisch angeln und braten, weil er es nicht wagte, Feuer zu machen. Deshalb schlich er sich auch in besonders kalten Nächten ins alte Freibad und versteckte sich in einem abgeschiedenen Winkel.

Wie lange das jetzt schon so ging, wusste Frido nicht genau. Ein paar Wochen mussten es sein. Inzwischen wurde es selbst im Gemäuer des alten Freibads langsam ungemütlich, und das behagte wohl

auch Sebi und den anderen ganz und gar nicht. Frido beobachtete, dass die Zahl der Schnupfennasen zu- und die der Vorräte abnahm. Die Stimmung unter seinen ehemaligen Freunden sank allmählich unter den Gefrierpunkt. Frido wurde Zeuge, wie Juli Otto bezichtigte, die letzten Kekse gemopst zu haben, und irgendwann sagte der Erste, dass er zurück nach Hause wolle.

»Ich hau auch ab. Ich bring den Spiegel-Sebi zurück. Ich geh lieber wieder selbst zur Schule, als hier zu vermodern«, sagte auch Sebi.

Von da an schrumpfte die Zahl der Kinder im Freibad und eines Tages war nur noch Emil übrig. Er saß auf dem Einmeterbrett und ließ den Kopf hängen. Klar, weil Dunja nicht mehr da war, dachte Frido. Dunja, wegen der Emil die ganze Klasse in ihr Geheimnis eingeweiht hatte. Gekränkt verwarf er die Idee, sich Emil zu erkennen zu geben. Als er es sich am nächsten Tag anders überlegt hatte, war auch Emil verschwunden. Dafür entdeckte Frido Dunja!

Dunja lief über das Gelände, als suche sie etwas. Frido sah genauer hin. Die weiße Bluse, der schwarze Rock, auf dem Kopf ein strenger Ballettmädchenknoten – das war nicht Dunja, sondern Dunjas Doppelgängerin. Frido fröstelte. Hatte Dunja ihre Doppelgängerin nicht in den Spiegel zurückgebracht? Die falsche Dunja war vor den Umkleiden stehen geblieben und hob einen Roller vom Boden auf. Ein Windstoß fuhr in die Türen der Umkleiden und wehte sie auf. Die Spiegel in den Kabinen wurden sichtbar und Frido gefror das Blut in den Adern. Die falsche Dunja hatte ein Spiegelbild! Und wenn die falsche Dunja ein Spiegelbild hatte, bedeutete das … Frido schluckte, als ihm dämmerte, was das bedeutete: dass nämlich die richtige Dunja im Spiegel war!

»Hey!«, rief Frido so laut, dass sich Dunjas Doppelgängerin zu ihm umdrehte. »Wo ist Dunja?« Die falsche Dunja sah Frido aus kalten Fischaugen an.

»Ich habe sie zum Spiegel gebracht. Diejenigen, die nicht mehr gebraucht werden, müssen gehen, ist doch klar, oder?«

Und weil Frido vor lauter Schreck die Lippen nicht auseinanderbekam, setzte Dunjas Doppelgängerin hinzu: »Eltern wollen perfekte Kinder. **Ich** bin perfekt. Also musste **sie** gehen.« Die Spiegel-Dunja lächelte eitel, dann stutzte sie.

»Wieso bist du noch nicht im Spiegel? Alle deine Versagerfreunde sind schon drin.«

»Die ganze 4a?! Und was ist mit Emil?!«, japste Frido entsetzt. Anstatt zu antworten, sagte die falsche Dunja:

»Das Spiegellabyrinth schließt übrigens morgen. Heute ist die letzte Gelegenheit für Loser wie dich, im Spiegel zu verschwinden. An deiner Stelle würde ich mich beeilen.« Während sie davonrollerte, funkte Fridos Gehirn einen schockierenden Gedanken nach dem anderen: Seine Freunde waren im Spiegel. Morgen würde das Spiegellabyrinth schließen. Dann wäre der magische Spiegel weg. Und wenn der Spiegel weg wäre, was würde dann aus seinen Freunden?

»Hey, pass doch auf!« Frido fuhr ungeduldig Schlangenlinien durch die fröhliche Menschenmenge auf dem Jahrmarkt. Er war mit Düsenantrieb durch die Stadt geheizt. Vor dem Eingang des Spiegellabyrinths sprang er atemlos vom Fahrrad. Der Hüter des Kassenhäuschens wandte ihm seine Scanner-

augen zu, und Frido gab sich alle Mühe, sich ein Lächeln ins Gesicht zu zaubern. Der Mann hob fragend die Augenbrauen.

»Äh«, sagte Frido, weil ein Griff in die Hosentasche ihm soeben verraten hatte, dass er nicht genug Geld für eine Eintrittskarte besaß.

»Heute freier Eintritt. Letzter Tag«, knurrte der Typ mit dem Hut.

»D-danke«, nuschelte Frido verdutzt und verdrückte sich zügig ins Innere des Spiegellabyrinths, bevor sein Besitzer es sich anders überlegen konnte.

Frido ermahnte sich, gemessenen Schrittes zu gehen, um die Aufmerksamkeit der wenigen Besucher nicht auf sich zu lenken. Er machte sich schlimme Vorwürfe. Weil er den Streber-Frido aus dem verflixten Spiegel zum Leben erweckt hatte, waren jetzt alle seine Freunde im Spiegel gefangen. Und er hatte nicht mal den Krümel einer Idee, wie er sie befreien sollte! Erbittert schlug er sich mit der Faust gegen den Kopf. Und da stand er auch schon in dem Raum mit den Zerrspiegeln. Vorsichtig schaute er in alle Richtungen, bevor er sich der Tür zuwandte, hinter der der magische Spiegel stand. Ein Poltern ließ ihn zusammenfahren. Dann hörte er Emils Stimme! Noch bevor er sich freuen konnte, begriff Frido schlagartig, dass es nichts Gutes zu bedeuten hatte, Emils Stimme an diesem Ort zu hören. Er lauschte mit angehaltenem Atem. Emil sagte:

»Lass mich!« Er klang so energisch wie eine verdorrte Zimmerpflanze. Jemand antwortete ihm.

»Check's einfach, Spacko. Dich mag keiner. Du kannst 'nen Abflug machen, du Lappen!« Das war Granaten-Emil! Frido kapierte, was in diesem Moment hinter der Tür geschah: Granaten-Emil wollte Emil in den Spiegel zurückbringen! Frido stürzte durch die Tür.

»Nein!«, schrie er.

Emil stand mit dem Rücken zum Spiegel und ließ die Schultern hängen. Sein Blick war leer. Kein Anzeichen, dass er Frido bemerkt hatte. Er schien sogar durch seinen Doppelgänger hindurchzusehen, der sich drohend vor ihm aufgebaut hatte.

»Heulsusen wie dich braucht niemand«, sagte Granaten-Emil und seine Stirn berührte fast die von Emil. Frido sah entsetzt, dass Emil schwankte und sein Hinterkopf kurz in die Spiegeloberfläche eintauchte.

»Lass ihn in Ruhe!«, brüllte er außer sich und warf sich auf Granaten-Emil. Der pflückte ihn sich aus dem Nacken wie ein kitzelndes Insekt und schleuderte ihn in eine Ecke.

»Emil, die Null, kann gehen!«, sagte Granaten-Emil zu Emil.

Aus den Augenwinkeln sah Frido, wie Emil sich willenlos in den Spiegel sinken ließ und mit einem leisen SCHLOCK verschluckt wurde.

»Neeeiiiin!« Mit einem Satz war Frido beim Spiegel und schubste Granaten-Emil zur Seite. Der geierte hämisch. »Emil!«, rief Frido. Er wollte in den Spiegel greifen und Emil herausziehen. Doch der Spiegel ließ das nicht zu. Die Wackelpudding-Oberfläche war jetzt wie zähes Gummi, und Frido konnte sehen, wie sie sich immer mehr verfestigte. Verzweifelt schlug Frido mit den Fäusten auf den Spiegel ein.

»Emil!«, schrie er. Plötzlich schien Emil ihn zu erkennen. Er starrte ihn verloren an.

»Hier ist kein Platz für Luschen«, hörte Frido Granaten-Emil hinter sich sagen. Er drehte sich um und starrte

auf Emils Doof-Kopie, die breitbeinig in Richtung Tür stiefelte. Wut und Verzweiflung stiegen in ihm auf.

»Hier ist kein Platz für Vollidioten! **Du** solltest da drin sein!« Frido stürzte sich auf Granaten-Emil und trommelte mit den Fäusten auf seinen Brustkorb ein.

»Du bist voll die Hohlbirne! Du bist so hohl, dass du nicht mal untergehen kannst, weil du immer oben schwimmst! Du …!« Weiter kam er nicht. Granaten-Emil stieß Frido von sich, sodass er durch den Raum segelte und mit dem Kopf an eine herumstehende Truhe krachte. Verächtlich sah Granaten-Emil auf Frido, der sich benommen den Kopf rieb.

»Niemand mag Loser«, sagte Granaten-Emil und wollte den Abgang machen. Frido rappelte sich auf.

»Selber Loser! Du hast nicht mehr Grips als ein Schnitzel! In deinem Kopf ist es so hell wie in 'nem Tunnel! Du kannst nichts außer Verkloppen und mit Vollhonks rumhängen! Dunja mag dich auch nicht mehr! Niemand mag solche wie dich! Emil ist schlau! Und witzig! Und er ist ein richtig guter Kumpel! Er ist mein bester Freund!« Granaten-Emil blieb plötzlich stehen. Frido stutzte. Emils Doppelgänger sah aus wie eingefroren. Ein Bein hing in der Luft, und in seinem Gesicht klebte ein Ausdruck, als sei er gegen eine Bratpfanne gelaufen.

»Hey, was … geht …?«, stotterte er und wirkte auf einmal gar nicht mehr wie der coolste Coolfühler aller Zeiten. Sein Körper zuckte und ruckte, als versuche er mit Gewalt, sich nach vorne zu bewegen, doch eine unsichtbare Kraft schien ihn mit gleicher Stärke nach hinten zu ziehen. Frido drehte sich zum Spiegel. Dort gab es auch eine Veränderung. Emil lächelte. Frido lief zu ihm.

»Emil, im Freibad, ich wollte nur gemein sein. Wirklich. Du bist viel cooler als der! Der checkt doch gar nichts! Er ist dumm! Und du bist schlau! Und ich brauche dich! Die ganze 4a braucht dich! Die sind alle im Spiegel! Auch Dunja! Ohne dich krieg ich sie da niemals wieder raus! Bitte!« Frido sah seinen Freund an. »Bitte, Emil! Komm zurück! Du bist der einzige perfekte Emil, den es gibt!« Frido lief eine Träne der Verzweiflung über das Gesicht.

»Bitte, Emil!«

Plötzlich machte Emil einen Schritt nach vorne und trat aus dem Spiegel heraus. Frido wagte kaum, es zu glauben, aber da stand Emil wieder. Echt und wahrhaftig. Direkt vor ihm.

»Yes!« Frido machte einen Freudensprung und am liebsten hätte er Emil umarmt, doch ein erstickter Laut hinter ihm erinnerte ihn daran, dass sie nicht alleine waren. Er drehte sich um. Granaten-Emil machte nicht den Eindruck, als sei er in Bestform. Er lag inzwischen auf dem Boden und wand sich wie ein Wurm. Der Spiegel zog mit aller Kraft an ihm.

»Neiiin! Neiiin!«, jammerte er. »Mamaaaa!«, winselte er. Aber es nutzte ihm nichts. Es sah seltsam aus, wie er sich krümmte und ringelte, während er unerbittlich in Richtung Spiegel gezerrt wurde.

»Wer ist jetzt hier die Lusche!?«, rief Frido und sprang aus dem Weg. »Zieh Leine! Dich braucht hier niemand!« Mit einem WUSCH verschwand Granaten-Emil im Spiegel. Frido schlug – ZONG! – den Knopf in die Versenkung, damit Emils Spiegelbild blieb, wo es war. Die beiden Freunde fielen sich um den Hals. Bis Emil sich von Frido löste. Er rümpfte grinsend die Nase.

»Du solltest mal duschen. Und dir was Neues anziehen. Hast du dich mal im Spiegel angeschaut?«

»Sehr witzig«, sagte Frido und grinste auch.

»Du, Frido«, sagte Emil jetzt leise. »Ich wollte auch nur gemein sein. Es stimmt nicht, was ich gesagt habe. Das mit deiner Mama. Dass sie den anderen lieber mag.« Frido wollte nicht an zu Hause denken.

»Emil! Wir müssen die 4a rausholen«, sagte er deshalb schnell.

»Sind wirklich alle da drin?«, fragte Emil und Frido sagte:

»Ich glaube schon.«

Es stellte sich heraus, dass Emil auch nicht viel mehr wusste als Frido. Er hatte Dunja, Sebi und die anderen das letzte Mal gesehen, als sie ihn alleine im alten Freibad zurückgelassen hatten, um ihre Doppelgänger wieder in den Spiegel zu schicken.

»Vielleicht war es wie bei mir.« Als Emil im Freibad zurückgeblieben war, hatte er sich schweren Herzens entschieden, Granaten-Emil zurückzubringen. Zu Emils Überraschung war der auch sofort auf seinen Vorschlag eingegangen.

»Aber als wir dann hier ankamen, hat er angefangen, mich zu beschimpfen. Er hat gesagt, dass ich immer nur ein langweiliger, unsportlicher Emil-Leopold sein würde und dass die anderen mich nur gemocht hätten, solange sie es im alten Freibad toll fanden, und dass sie mich jetzt wieder genauso uncool finden würden wie vorher. Und damit hatte er ja auch recht. Dachte ich zumindest.«

»Und weil du das geglaubt hast, bist du in den Spiegel gezogen worden?«, fragte Frido. Emil nickte.

»Und weil ich gesagt habe, dass das alles nicht stimmt, bist du jetzt wieder draußen und Granaten-Emil ist da drin«, versuchte Frido das Geschehene laut denkend zu begreifen. Emil runzelte die Stirn.

»Ja, genau!«, sagte er dann und schlug sich an die Stirn. »Ich bin wieder aus dem Spiegel gekommen, weil du mir das Gefühl gegeben hast, ich bin besser als der Muskelprotz!« Jetzt runzelte Frido die Stirn. Genau das hatte er doch zuvor gesagt. Es kam nicht häufig vor, dass er etwas schneller kapierte als Emil. Doch Emils Gehirn hatte schon wieder eine Extrarunde mehr gedreht, denn er sagte:

»Also müssen wir es mit der 4a genauso machen!«

Er sprang plötzlich aufgeregt vor Frido auf und ab. »Verstehst du? Wir müssen ihnen einfach zeigen, dass die Doppelgänger nicht perfekt sind. Wenn unsere Freunde wieder an sich glauben, kommen sie auch wieder raus.«

Frido sah seinen Freund an. Emil war doch sonst so schlau. »Aber die Streber können doch alles, Emil.« Frido deutete auf die Leuchtschrift des Spiegels. »Die **sind** perfekt!« Für einen Moment breitete sich ratlose Stille aus. Dann sagte Emil:

»Niemand ist perfekt. Wir finden schon was, was sie nicht können, Frido.«

»O-okay«, sagte Frido nicht besonders überzeugt. »Dann bringen wir auf jeden Fall mal den Spiegel in Sicherheit.«

Eine halbe Stunde später hatten Frido und Emil den schweren Spiegel endlich auf ein Rollbrett gekippt und waren damit zur Tür geeiert. Frido öffnete sie vorsichtig, um zu sehen, ob die Luft rein war, und prallte zurück. Vor der Tür schob sich eine chinesische Rei-

segruppe durch das Labyrinth. Wo man hinschaute, waren Menschen. »Mist«, sagte Emil. Doch Frido war anderer Meinung.

»Nein, Glück!«, sagte er. »Wir verstecken uns zwischen denen!« Frido warf eine Decke über den Spiegel.

LANG-FING-FANG … WOW!

»Los!«, zischte Frido, als die ersten chinesischen Labyrinthbesucher den Ausgang erreichten. Die beiden Freunde hatten den Spiegel auf kürzestem Weg bis dorthin geschoben und gewartet, bis die Gruppe ihren Weg durch die Spiegelgänge gefunden hatte. Sie zwängten sich mit dem Rollbrett und dem darauf bedenklich kippelnden Spiegel zwischen die Besucher. In geduckter Haltung tappten sie in deren Windschatten die Rampe hinunter. Emil, der hinten ging, konnte den schweren Spiegel kaum halten. Frido, der vorne ging, stemmte sich mit aller Kraft dagegen und versuchte, nicht auszurutschen. Mit angehaltenem Atem rollten sie an dem unheimlichen Mann im Kassenhäuschen vorbei. Dabei passten sie gut auf, dass eine Mauer aus chinesischen Labyrinthbesuchern sie vor seinen Blicken verbarg. Sie waren schon drei Meter weiter, als Frido vor sich eine Wölbung im Boden entdeckte.

»Vorsicht, Huckel«, wisperte Frido nach hinten zu Emil.

»Hä?«, zischte Emil zurück. Und schon knallte Frido der Spiegel hart in den Rücken. Emil hatte den Huckel gefunden, und zwar mit seinem Fuß. Er war darübergestolpert und hatte dem Spiegel einen gefährlichen Schubs verliehen. Frido verlor das Gleichgewicht und flog zur Seite, während Emil mit dem Spiegel an ihm vorbeiratterte, bis er von den Fersen mehrerer Reisegruppenteilnehmer gestoppt wurde. Natürlich wurden die Fersenbesitzer durch den Einschlag umgenietet. Sie purzelten oder fielen der Länge nach hin und rissen andere mit. Schmerzensschreie begleiteten das Schauspiel. Frido sprang auf und drehte sich zum Kassenhäuschen um. Er sah den Besitzer von seinem Platz aufstehen.

»Er kommt raus!«, rief er Emil zu, der sich soeben erschrocken als Erster aufrichtete.

»Hey, du da!«, rief der Mann mit dem Hut. Und noch bevor Frido aufsah, wusste er, dass er gemeint war. Der Mann arbeitete sich zügig durch die Menschenmenge zu ihm vor. Frido drehte sich zu Emil um. Doch der wurde soeben samt Spiegel von der Reisegruppe eingeschlossen und weitergetragen.

»Dich kenn ich doch«, knurrte der Spiegellabyrinthbesitzer Frido in diesem Augenblick von hinten an. Der wandte sich mit klopfendem Herzen um und starrte in eine düstere Fratze.

»Was war das für ein Aufruhr?«, fragte die Fratze.

»N-nichts«, war das Einzige, was Frido als Antwort einfiel.

»Bist wohl nicht der Hellste, was?«, sagte der Mann und Frido schluckte. Die Scanner-Augen tasteten ihn kurz ab, doch dann verloren sie das Interesse und wanderten zu einem Punkt hinter Frido. Der konnte sich schon denken, zu welchem. Frido breitete die

Arme wie eine Schranke aus, weil der Mann schon zum ersten Schritt ansetzte.

»Sie können hier nicht durch. Erst müssen Sie… Erst müssen Sie, äh …« Er dachte fieberhaft nach, was der Furcht einflößende Mann vor ihm wohl müssen könnte. Fridos Augen suchten die Umgebung nach einer Anregung ab. Aber da war nichts außer den Schlusslichtern der chinesischen Reisegruppe, die gerade aus dem Labyrinth kamen. Frido hörte sich sagen:

»Kennen Sie den? Was heißt Dieb auf Chinesisch?« Der Spiegellabyrinthbesitzer runzelte die Stirn. Und Frido verkündete die Lösung:

»Lang-Fing!« Der Typ sah so aus, als wolle er Frido am liebsten in eine Pekingente verwandeln und aufessen, aber Frido fuhr tapfer fort:

»Und was heißt Polizist auf Chinesisch?« Er schien das Interesse des Mannes gewonnen zu haben. Zumindest wandte er den Blick nicht mehr von Frido ab.

»Lang-Fing-Fang!«, posaunte Frido ihm ins Gesicht. »Und was heißt Polizeihund auf Chinesisch? – Lang-Fing-Fang-Wau!«, rief Frido so fröhlich wie möglich. Plötzlich beugte sich der große Mann zu Frido runter.

»Du hältst dich wohl für besonders witzig«, schnaubte er und jetzt spürte Frido seinen Atem. »Kannst froh sein, dass ich Spaß verstehe. Das kann nämlich nicht jeder!« Frido blinzelte dem Mann in die funkelnden Augen.

»Buh!«, machte der plötzlich. Frido wich erschrocken zurück.

»Was sagt ein Keks zum anderen? Verkrümel dich!«, rief der Mann und ließ ein hohles Lachen folgen, das wie direkt aus

der Hölle klang. Frido nahm die Beine in die Hand und stolperte durch die Menschenmenge. Als er sich noch einmal umdrehte, sah er verwundert, dass der Spiegellabyrinthbesitzer wieder im Kassenhäuschen verschwand. Frido war sich plötzlich ganz sicher, dass der Mann mit seinen Scanneraugen gesehen hatte, wie Emil und er den Spiegel geklaut hatten. Warum hatte er sie nicht aufgehalten? War das etwa Absicht? Oder hatte Frido ihn mit den Flachwitzen verwirrt?

»Du hast Glück, dass ich Spaß verstehe. Das kann nämlich nicht jeder«, hatte der Mann gesagt. Als ob!, dachte Frido. Als ob der unheimliche Typ Spaß verstand! Plötzlich machte etwas KLICK in Fridos Kopf. Wow! Das war's! Es gab ja noch jemanden, der keinen Spaß verstand! Die Doppelgänger! Im Spaßverstehen waren sie definitiv überhaupt nicht gut!

»Frido, du bist genial!«, rief Emil. Er saß auf dem Spiegel, der quer über Fridos Fahrradanhänger lag und abenteuerlich befestigt war. Frido trat vorsichtig in die Pedale, damit die kostbare Fracht nicht verrutschte. So eierten sie durch die dunkle Stadt. Eine Kirchturmuhr schlug neun. Frido hatte Emil erzählt, wie sein Doppelgänger die Namen aller chinesischen Staatsmänner auswendig gelernt hatte, nachdem er ihm ein paar harmlose Flachwitz-Fragen gestellt hatte. Emil war begeistert.

»Damit kriegen wir sie! Ich wette, die anderen Lernmaschinen verstehen auch keine Scherzfragen«, sagte er. Frido war schon wieder entmutigt. Er gab zu bedenken:

»Ja, aber das finden sie auch nicht so wichtig, glaub ich. Die halten sich deshalb nicht für weniger perfekt.« Darüber musste Emil kurz nachdenken. Dann sagte er:

»Kommt drauf an, wer den Streber-Ichs die Scherzfragen stellt. Sie müssen denken, dass es wichtig ist, sie beantworten zu können.« Frido versuchte angestrengt, Emils Gedankengängen zu folgen, doch der dachte schon laut weiter.

»Wir brauchen die Klawitter«, sagte Emil und Frido trat beinahe neben die Pedale. Die Klawitter?!

»Überleg doch mal, wem wollen die Streber gefallen? Natürlich ihrer Lehrerin! Wenn die Klawitter so tut, als wären die Flachwitze ganz normale Schulfragen, und die Streber die Antwort nicht wissen, dann halten sie sich für Versager.« Das leuchtete Frido ein. Das Gefühl kannte er schließlich selber nur zu gut. Und er erinnerte sich, wie versessen der Spiegel-Frido darauf war, ein Alleswisser zu sein.

»Es gibt nichts, was ich nicht weiß, Frau Klawitter«, äffte er ihn nach. Doch dann bremste er so fest, dass Emil beinahe vom Spiegel auf die Straße rutschte. Frido war etwas eingefallen.

»Aber, Emil … Die Klawitter macht da doch niemals mit. Die findet die Super-Streber doch sicher viel superer als normale Schüler.«

»Schon. Aber Schummeln kann sie auf den Tod nicht ausstehen«, sagte Emil. Und grinste.

Da hatte Emil recht. Frau Klawitter konnte eine Menge Dinge, die mit »Un« begannen, nicht leiden. Unordnung, Unfug, Unruhe, Unlust, Unrat, Unsinn, Unfähigkeit, Unterricht … Nein, den mochte sie. Aber Unehrlichkeit, die hasste sie so richtig. Ein lebendiges Spiegelbild, das seine Fähigkeiten einem magischen Spiegel zu verdanken hatte, fand sie bestimmt ganz und gar nicht in

Ordnung. Das war schlimmer als Abschreiben, Spickzettel und Handy-unterm-Tisch zusammen. BÄM.

Es war nicht so schwer herauszufinden, wo Frau Klawitter wohnte. Emil hatte eine Passantin gefragt, ob er mal ihr Handy benutzen dürfte, weil er angeblich vergessen hatte, wo seine Oma wohnte. Die Frau hatte sich über die verantwortungslosen Eltern von heute aufgeregt, die ihre Kinder um diese Zeit draußen herumlaufen ließen. Wenn Emils Mutter das gehört hätte! Emil und Frido mussten immer noch darüber lachen, als sie vor dem Haus ihrer Lehrerin stehen blieben. Plötzlich blieb Frido das Kichern im Hals stecken. Da stand ein Auto, das ihm sehr bekannt vorkam.

»Mama!«, krächzte Frido in die kalte Abendluft. Emil folgte seinem Blick.

»Das gehört sicher jemand anderem«, sagte Emil. »Jetzt hilf mir lieber.« Frido hob mit Emil den Spiegel vom Anhänger, ohne die Augen von der roten Rostlaube zu lassen.

»Das **ist** das Auto von meiner Mama. Da klebt ihr Wackeldackel«, sagte Frido, als sie den Spiegel an dem Auto vorbei zum Haus hievten. Frido hatte plötzlich Blei in den Beinen und konnte keinen Schritt weitergehen. Er starrte in eines der Fenster von Frau Klawitter, hinter dem er seine Mama auf und ab gehen sah. »Besser, du gehst allein, Emil«, sagte er leise. Sie stellten den Spiegel ab und Frido machte einen Schritt nach hinten aus dem Licht der Straßenlaterne heraus. Er hatte gar nicht mehr darüber nachgedacht, dass alles auffliegen würde, wenn sie Frau Klawitter einweihten. Dass seine Mama gar nicht glücklich sein würde, wenn sie ihr Loser-Kind zurückbekäme. Wieso war sie überhaupt hier? Was, wenn der Spiegel-Frido auch hier war? Dann könnte er, Frido nämlich, direkt vor ihren Augen im Spiegel verschwinden.

»Frido, bleib hier. Deine Mama mag dich«, zischte Emil, als Frido weiter in die schützende Dunkelheit abtauchte. Emil zog ihn wieder in Richtung Haustür. »Frido, ich brauch dich. Ohne dich werden sie mir nicht glauben. Ich habe ja jetzt wieder ein Spiegelbild!« Emil sah Frido fest in die Augen. »Wir müssen unsere Freunde retten, Frido. Du musst da jetzt rein.«

Frido schluckte. Emil hatte recht. Er hatte keine andere Wahl.

DIE STUNDE DER WAHRHEIT

Frido sah, wie Emils Zeigefinger entschlossen auf den Klingelknopf drückte. Er hörte das schrille Läuten hinter der Haustür. Er fühlte sich wie vor dem schlimmsten Zahnarztbesuch aller Zeiten. Dann bemerkte er, dass etwas an ihm zog. Nicht an seinen Zähnen, sondern an seinem Rücken. Ein unheimlicher Sog, als ob hinter ihm ein großer Staubsauger darauf lauere, ihn – SCHLOCK – einzuatmen. Aber es war natürlich kein Staubsauger, sondern der verflixte Spiegel. Emil sagte:

»Der Spiegel spürt, dass du den Spiegel-Frido für den besseren Frido hältst. Denk an was anderes! Denk daran, dass wir unsere Freunde retten müssen!« Er drückte noch einmal fest auf den Klingelknopf. Während Emil Sturm läutete, dachte Frido so angestrengt wie möglich: »Freunde retten! Freunde retten! Freunde retten!« Und aus Versehen: »Nicht Mama begegnen! Abhauen, bevor die Tür aufgeht!« Und dann wieder: »Freunde retten!«

»Ja doch, ich bin ja schon da!« Das war Frau Klawitter, die jetzt vor

Emil und Frido im Türrahmen aufragte. Sie klang komisch. Sie klang, als habe sie heute Abend schon dreißig Hundertmetersprints hinter sich gebracht und sei deshalb sehr, sehr müde. Sie sagte:

»Ein für alle Mal: Es gibt keine Extra-Aufgaben! Für niemanden! Abend für Abend dasselbe! Heute seid ihr die Zehnten, die hier aufkreuzen! Auch Lehrerinnen haben ein Recht auf Feierabend! Also geht nach Hause und ...« Der Satz ging in einem tiefen Seufzer unter. Frido konnte sich vorstellen, dass seine gespiegelten Klassenkameraden gar nicht genug vom Lernen bekommen konnten und nach Extra-Aufgaben gierten wie Hyänen nach Aas. Er wunderte sich, dass Frau Klawitter darüber anscheinend gar nicht glücklich war.

»Guten Abend, Frau Klawitter«, sagte Emil. »Wir wollen keine Extra-Aufgaben.«

»N-nein?«, fragte Frau Klawitter. Ihr Mund zitterte und ihre Augen füllten sich mit Wasser. Eine heulende Lehrerin war nun wirklich mehr, als ein zehnjähriger Junge ertragen konnte. Zum Glück schien sie sich zu fangen. Als sie den Mund aufmachte, klang sie wieder so, wie eine Lehrerin zu klingen hatte:

»Emil?! Wo kommst du überhaupt her?! Deine Mutter hat dein anhaltendes Fehlen damit begründet, dass du mit einer langwierigen Lungenentzündung das Bett hüten müsstest!«

»Das kann ich Ihnen erklären, Frau Klawitter, aber ...«

Frau Klawitter unterbrach ihn.

»Und wie siehst **du** überhaupt aus, Fridolin?! Als hättest du wochenlang auf der Straße gelebt!« Sie spießte Frido über den Rand ihrer Brille hinweg mit einem Lehrerinnen-Blick auf.

»Und was schleppt ihr da für ein Trumm mit euch herum?« Sie zeigte auf den verhüllten Spiegel hinter Emil und Frido.

In diesem Moment erschien Fridos Mama hinter Frau Klawitter.

»Frido?«, sagte sie und auch Fridos Papa tauchte durch eine Tür in Frau Klawitters Flur auf. Frido ging einen Schritt rückwärts in Richtung Spiegel, aber da spürte er Emils Hand, die sich auf seinen Rücken legte.

»Deine Mama mag dich!«, raunte er ihm zu. »Los jetzt!« Und zu Frau Klawitter sagte er:

»Wir können Ihnen alles erklären. Aber es wäre vielleicht besser, wenn Sie sich vorher hinsetzen.«

Wenige Minuten später sahen Frido und Emil zum ersten Mal in ihrem Leben jemanden ohnmächtig werden. Das lag daran, dass Frau Klawitter es entgegen Emils Rat vorgezogen hatte, in ihrem Wohnzimmer nervös auf und ab zu laufen. Sie hatte das damit begründet, dass sie es zurzeit »an den Nerven« habe und dass ihr zum Herumsitzen seit Wochen die Ruhe fehle. Kein Wunder, dass sie so müde klang. Frido hätte den Moment gerne rausgeschoben, aber Emil hatte direkt ausgepackt. Die Augen von Frau Klawitter und Mama und Papa waren immer größer geworden, und als Emil schließlich zum Beweis das Tuch vom Spiegel gezogen hatte und jeder sehen konnte, dass alle ein Spiegelbild hatten, nur Frido nicht, war Frau Klawitter einfach umgekippt.

Frido sah, wie Papa sie auf einen Sessel hievte und wie Mama mit der Hand vor dem Spiegel rumwedelte und ihn dann abtastete, als vermute sie einen Zaubertrick hinter allem. Plötzlich setzte sie sich hin und starrte Frido an. Er schluckte.

»Frido, ist das wahr, was Emil eben erzählt hat?«

Frido nickte und blickte auf den Fußboden. Er wollte lieber nicht sehen, wie sich die Enttäuschung auf Mamas Gesicht breitmachte.

»Das heißt, du hast gar nicht das Zeug fürs Gymnasium und ein gemeiner Betrüger bist du außerdem?«, würde sie gleich sagen. Fridos Kehle schnürte sich zu. Doch da sagte Mama:

»Mein Gott, Frido, das tut mir so leid!« Was? Frido blickte überrascht auf. Mama presste sich eine Hand auf den Mund und in ihren Augen schwamm mindestens ein ganzer Gebirgssee.

»Mama …«, sagte Frido und klang ziemlich kläglich. Heulende Mütter sind für zehnjährige Jungen ein noch schlimmerer Anblick als heulende Lehrerinnen. Doch da riss Mama Frido plötzlich in ihre Arme und spielte Boa constrictor. Sie umarmte ihn so fest, als wolle sie ihn nie wieder loslassen. Dann schob sie ihn etwas von sich weg und sah ihn an.

»Entschuldigung, Frido, ich … Ich wollte dich nicht erdrücken«, sagte sie. Papa legte seinen Arm um Fridos Schulter.

»Mensch, Frido!«, sagte Mama. »Ich bin so froh, dass du du bist und nicht dieser kalte Fisch von einem Jungen, der gerade in deinem Bett schläft!«

»Echt?«, brachte Frido krächzend hervor.

»Und wie!«, sagte Mama.

»Aber …«, sagte Frido. Papa unterbrach ihn.

»Auch deine Mutter hat irgendwann kapiert, dass es nicht so toll ist, eine Lernmaschine zum Sohn zu haben.« Mama boxte Papa in die Seite.

»Ich wollte doch nur, dass du dir mal

aussuchen kannst, was du werden willst. Ich wollte doch nicht, dass du … Und wir Idioten haben dir damals nicht geglaubt, als du so aufgeregt aus dem Spiegellabyrinth gerannt kamst! Aber wer kommt denn auch darauf, dass so etwas möglich ist?!«

Sie guckte angeekelt zum Spiegel.

»Ich meine … Egal. Es tut mir leid, Frido. Ich war wohl echt blöd. Ich meine, weil ich dir so viel Stress gemacht hab. Richtig blöd.«

Papa schaute mit einem Grinsen in Richtung Zimmerdecke, als würde es ihm Mühe bereiten, sich eine Bemerkung zu verkneifen, und Mama boxte ihn noch einmal.

»Heißt das, du hast mich lieber als den Spiegel-Frido?«, hakte Frido noch einmal nach. »Auch, wenn ich es nicht aufs Gymnasium schaffe?«

»Ach, Frido«, rief Mama, »natürlich! Es ist mir doch total egal, ob du aufs Gymnasium kommst! Hauptsache, du bist unser Frido!«

Frido sah, wie Emil grinsend den Daumen seiner Hand nach oben drehte. Mit der anderen Hand fächelte er Frau Klawitter Luft zu. Die richtete sich jetzt ein wenig aus ihrem Sessel auf.

»Sehe ich das richtig, dass da draußen noch eine ganze Klasse von diesen … Monstern herumläuft?«, fragte sie. Und dann sagte sie etwas Merkwürdiges. Sie sagte, dass man die Monster »emilinieren« müsse, und Frido runzelte die Stirn.

»Man kann sie nicht emili-dingsda, man kann sie nicht alle in Emils verwandeln, Frau Klawitter«, sagte er. »Das ging nur mit Granaten-Emil!« Wollte Frau Klawitter jetzt eine Klasse voller Emils haben, oder was?

Aber Frau Klawitter schüttelte den Kopf. Sie sagte:

»›E-li-mi-nieren‹, Frido. Es heißt ›eliminieren‹. Das kommt aus dem Lateinischen und heißt so viel wie … ›ausschalten‹! Wir müssen diese Monster ausschalten!«

Bevor Frido und Emil dazu kamen, ihren Plan zu erläutern, wiederholte Frau Klawitter das Wort »ausschalten« ungefähr noch fünf Mal, und dabei guckte sie so grimmig wie ein Transformer kurz vor der alles entscheidenden Schlacht. Es stellte sich nämlich heraus, dass die Streber an der Sache mit Frau Klawitters Nerven schuld waren. Sie hatten nicht nur ständig – sogar am Wochenende – vor ihrer Haustür gestanden und mehr Aufgaben verlangt. Sie hatten auch im Unterricht – einer lauter als der andere – in allen Fächern nach schwererem Stoff geschrien. Und dann bekam sie auch noch ununterbrochen Anrufe von Eltern, die ihre Kinder für hochbegabt hielten und wollten, dass sie »mehr gefördert und gefordert« würden. Sebis Vater hatte ihr sogar vorgeworfen, sie unterfordere seinen Sohn mit Absicht. Sie wolle nämlich nicht zugeben, dass sie Sebis Intelligenz völlig unterschätzt habe, hatte er angeblich gesagt.

»Und warum wart **ihr** heute Abend bei Frau Klawitter?«, fragte Frido seine Eltern plötzlich argwöhnisch.

»Ganz bestimmt nicht, weil wir dachten, du bist unterfordert. Wir haben uns Sorgen um dich gemacht«, sagte Fridos Papa.

»Ja, du …«, fing Mama an und stockte direkt wieder. Bevor sie weiterredete, setzte sie eine angewiderte Miene auf, als bekäme sie über den Spiegel-Frido sonst kein Wort über die Lippen. Dann sagte sie:

»Also, nicht du, sondern … der andere … aber wir dachten ja, das seist

du … Jedenfalls wurde der immer komischer. Er hat Tag und Nacht gelernt, ganz verbissen, und andauernd redete er davon, er müsse der Beste sein, und dann hat er so unheimlich geguckt wie ein Kind aus einem Horrorfilm.«

»Klar«, warf Emil ein. »Er musste sich ja plötzlich mit einer ganzen Klasse Super-Streber messen. Die können es alle nicht ertragen, wenn einer besser ist als sie.«

Und Frido sagte:

»Genau. Das ist aber gut für uns, hat Emil gesagt. Weil wir das mit unserem Plan ausnutzen.«

Frau Klawitter schlug plötzlich auf den Tisch.

»Ja, verflixt und zugenäht, der Plan! Jetzt verratet euren Plan doch gefälligst mal!« In diesem Moment klingelte es an der Tür. Das waren Emils Eltern. Frau Klawitter hatte darauf bestanden, sie anzurufen.

»Deine Mutter war ein Wrack, als ich sie das letzte Mal gesprochen habe!«, sagte sie zu Emil und guckte ihn dabei mahnend an. »Und das ist ja auch kein Wunder! Ich war jedenfalls froh, als sie dich … ich meine, als sie diese Naturkatastrophe von einem Doppelgänger krankgemeldet hat. Ich hätte ihn keinen Tag länger unterrichten wollen! So ein Kind wünscht man seinem ärgsten Feind nicht!«

»Emils Mutter aber schon!«, konnte Frido sich nicht verkneifen einzuwerfen.

»Das stimmt«, sagten Fridos Papa und Emil wie aus einem Mund. Und zu Fridos Erstaunen pflichtete auch seine Mama ihm bei.

Als Emils Mutter von Emils Vater ins Wohnzimmer geführt wurde, tat sie Frido aber doch ein bisschen leid. Frau Klawitters Nervensache schien ein Klacks gegen die von Frau Langhals-Diestelmeier zu sein. Jedenfalls sah sie so aus, als habe sie eine Zombie-Attacke nur notdürftig überstanden und sich von dem Schock nie mehr erholt.

Doch während dieses Mal Frido die Geschichte mit den Doppelgängern zum Besten gab, kehrte nach und nach etwas Farbe in ihr Gesicht zurück. Und als Frido sich zum Beweis vor den Spiegel stellte, wirkte sie nur noch ein ganz bisschen schockiert. Dann zeigte sie mit einem zittrigen Finger auf den Spiegel und fragte:

»Heißt das, dieser schreckliche Junge, der sich als unser Sohn ausgegeben hat, war gar nicht …« Sie schluckte. Dann sprach sie mit bebender Stimme weiter:

»Und er ist jetzt wieder da drin?«

Emil und Frido nickten. Ein winziger Hoffnungsschimmer flackerte in Frau Langhals-Diestelmeiers Augen auf.

»U-und du bist mein Emil-Leopold?«, hauchte sie. Emil machte den Mund auf und schloss ihn wieder, ohne dass ein Ton herauskam. Er starrte seine Mutter an. Plötzlich war es ganz still im Raum. Frau Klawitter hob fragend die Augenbrauen, Fridos Mama warf Fridos Papa einen Blick zu. Frido sah, wie Emils Augenbrauen sich zusammenzogen und er gleichzeitig die Arme vor der Brust verschränkte. Und dann sagte Emil nur ein Wort:

»Emil.«

»W-was?«, krächzte Emils Mutter mit großen furchtsamen Augen. Emils Blick wanderte von ihr zu seinem Vater und wieder zurück.

»Ich bin Emil. Nicht Emil-Leopold«, sagte er mit fester Stimme. »Mein Nachmittags-Stundenplan sieht ab

sofort so aus: Die Ärgertherapie wird ersatzlos gestrichen. Chinesisch- und Mathe-AG nur einmal pro Woche. Stattdessen darf ich mit Frido ins alte Freibad. Geige spiele ich weiter. Aber zur Schule gehe ich in Zukunft allein und ich werde auch nicht abgeholt.« Frido staunte. Emils Mutter blinzelte nervös. Vielleicht war sie sich nicht ganz sicher, welchen Emil sie gerade vor sich hatte. Allerdings hätte Granaten-Emil den Text ziemlich anders formuliert. Und das dachten sich wohl auch Emils Eltern.

»Natürlich«, sagte Emils Mutter. »Das verstehen wir, nicht wahr, Klaus-Peter-Hermann?« Sie drehte sich zu Emils Vater um, der ergeben nickte wie der Wackeldackel in Mamas Auto.

»Darf ich dich in den Arm nehmen, Emil-Leo… Emil? Wir sind so froh, dass du wieder da bist«, fragte Emils Mutter. Und dann schaute Frido zu, wie Frau Langhals-Diestelmeier ihren Sohn vorsichtig umarmte und Herr Langhals-Diestelmeier unbeholfen beiden gleichzeitig über den Kopf strich.

»Also, dann gehen wir am besten nach Hause«, sagte Emils Mutter und schaute sich unsicher um.

»Auf gar keinen Fall!«, sagte Frau Klawitter. »Jetzt will ich endlich hören, was für einen Plan Emil und Frido haben, um meine 4a aus dem Spiegel zu befreien.«

GANZ GROSSES KLAWITTER-GEWITTER

Frau Klawitter und alle anderen waren skeptisch gewesen, als sie versuchten, Emils und Fridos Plan zu begreifen. Aber weil niemand einen besseren vorlegen konnte, wollte man es probieren.

»Und wenn es nicht klappt?«, fragte Fridos Mama mit tiefen Sorgenfalten auf der Stirn. »Ist das nicht gefährlich?« Dieses Mal war es ausgerechnet Emils Mutter, die mit fester Stimme sagte:

»Unsere Jungs schaffen das schon.« Emil lächelte.

»Und ich bin ja schließlich auch noch da!«, fügte Frau Klawitter hinzu. Danach gab es keine Diskussion mehr.

Frau Klawitter wollte am liebsten gar nicht mehr zurück in die falsche 4a und Fridos Mama wollte am liebsten nicht zurück nach Hause zum Spiegel-Frido. Aber beides ging natürlich nicht. Fridos Mama musste so tun, als ob nichts geschehen wäre, damit Fridos Doppelgänger nicht Lunte roch – und Frido würde bei Papa

schlafen. Frau Klawitter würde am nächsten Tag in der Klasse Zettel austeilen, die die Musterschüler zu Hause vorzeigen sollten. Darauf standen die Wörter »Wichtig« und »Auswahltest« und dass die 4a am nächsten Tag in die Schule kommen sollte, obwohl es ein Samstag war.

»Es geht bei dieser Prüfung um nichts Geringeres als einen Platz in einem Elite-Internat!«, sollte Frau Klawitter verkünden, wenn sie die Zettel verteilte. Es habe sich nämlich herumgesprochen, dass die 4a eine außergewöhnlich intelligente Klasse sei. Deshalb wolle man einem ihrer Schüler die besondere Chance bieten, zu beweisen, dass er oder sie zu den Besten der Besten des Landes gehöre. Nur ein einziger Platz sei noch zu vergeben, wurde auf dem Zettel behauptet. Und dass der Auswahltest dazu gedacht sei herauszufinden, wer das begabteste Kind der Klasse sei. Denn nur dieses sei würdig, den begehrten Platz zu erhalten.

»Sie haben mir die Zettel förmlich aus den Händen gerissen«, berichtete Frau Klawitter am Abend darauf. Fridos Papa und Emils Eltern hatten sich erneut in Frau Klawitters Wohnzimmer eingefunden, um letzte Vorbereitungen zu treffen. Frido grinste Emil an. Die Doppelgänger hatten angebissen.

»Was hat der Spiegel-Frido gesagt?«, wollte Frido von Frau Klawitter wissen.

»Der war natürlich der Schlimmste von allen«, sagte sie.

Und dann transportierten Emils und Fridos Vater den magischen Spiegel in die Schule und stellten ihn in der Turnhalle auf die Bühne. Der Vorhang wurde sorgfältig geschlossen. Niemand sollte den Spiegel sehen können. Zumindest am Anfang. Emils Mutter postierte Wegweiser in den Gängen, damit alle, die morgen zum Auswahltest antreten wollten, wüssten, dass sie dafür in die Turnhalle mussten. Man räumte Pulte und Stühle vor die Bühne. Und Emil und Frido setzten gemeinsam mit Frau Klawitter eine Liste auf. Sie enthielt die Prüfungsfragen. Während sie schrieb, kicherte Frau Klawitter ein paarmal. So lustige Prüfungsfragen hatte sie noch nie gesehen. Emil und Frido tauschten einen Blick. Hoffentlich verstanden die Streber-Doppelgänger wirklich keinen Spaß.

Als Frido und Emil sich in aller Frühe vor den magischen Spiegel hinter dem Bühnenvorhang kauerten, war Frido plötzlich überzeugt davon, dass ihr Plan niemals funktionieren würde. Er linste durch einen Spalt im Vorhang und sah die Doppelgänger der Reihe nach in der Turnhalle aufmarschieren. Sie wirkten so übel gelaunt wie römische Gladiatoren, wenn sie die Arena betreten. Missgünstige Blicke flogen hin und her, jeder prüfte, ob einer seiner Konkurrenten vielleicht einen günstigeren Platz ergattert hatte. Frido schluckte, als sein eigener Doppelgänger die Halle betrat. Starrte der andere ihn nicht genau in diesem Augenblick an, als könne er mit seinen Augen lasermäßig Löcher in den Bühnenvorhang brennen? Nein, jetzt nahm er Platz. Frau Klawitter betrat die Turnhalle.

Die Doppelgänger erhoben sich wie fünfundzwanzig gleichzeitig aufklappende Springmesser.

»Guten Morgen, Frau Klawitter«, erschallten ihre Stimmen im Chor und Frido rieselte ein kalter Schauer den Rücken herab.

»Guten Morgen«, sagte Frau Klawitter. »Setzt euch bitte!« Fünfundzwanzig Kinder falteten sich auf ihren Stühlen

zusammen. Frau Klawitter hielt einen sehr amtlich aussehenden Umschlag in die Höhe.

»Dies sind die Prüfungsfragen der Elite-Kommission!«, verkündete sie. »Die Prüfung erfolgt im K.-o.-Verfahren.« Frido wusste, wie ein K.-o.-Verfahren funktionierte, weil Frau Klawitter es ihm am Abend zuvor erklärt hatte. Es hatte nichts mit Niederboxen zu tun. Frau Klawitter würde jedem Doppelgänger eine Frage stellen. Wer richtig antwortete, kam in die nächste Runde. Wer falsch antwortete, schied direkt aus. Wer als Letzter übrig blieb, war der Sieger und bekam den Platz am Elite-Internat.

»Für jede Antwort habt ihr sechzig Sekunden. Hat jemand etwas nicht verstanden?«, sagte Frau Klawitter.

›Es gibt nichts, was wir nicht verstehen‹, antworteten fünfundzwanzig verkniffene Mienen stumm.

»Nun gut. Dann wird es jetzt ernst!«, sagte Frau Klawitter. Sie öffnete den ersten Umschlag.

»Erste Frage, Otto!«, zerschnitt Frau Klawitters Stimme die Stille. Der falsche Otto schoss von seinem Stuhl hoch.

»Wie viele Erbsen gehen in einen Topf?« Dann drückte Frau Klawitter auf den roten Knopf einer Stoppuhr.

»Die Zeit läuft!«, sagte sie. Frido warf Emil einen Blick zu. Jetzt würde es sich zeigen. Die Antwort war so einfach wie dämlich: Keine. Keine Erbse ging in einen Topf. Weil Erbsen nämlich nicht gehen können. Superlustig! Das wusste eigentlich jeder in der 4a. Plötzlich war Frido ganz sicher, dass auch die Streber auf die Antwort kommen würden. Er schluckte. Doch noch war nur das TICK-TACK, TICK-TACK, TICK-TACK der Stoppuhr in der Turnhalle zu hören. Ottos Doppelgänger blinzelte verwirrt.

»Ist das schon die ganze Frage?«, fragte er und Frau Klawitter warf einen prüfenden Blick auf den Fragebogen.

»Ja«, sagte sie dann, und im Kopf von Ottos Doppelgänger begann sich deutlich sichtbar ein hektisches Räderwerk zu drehen.

»Keine weiteren Hinweise?«, fragte er.

»Nein«, sagte Frau Klawitter.

»K-kein Problem!«, sagte Streber-Otto, aber seine Stimme klang anders. Er fing hektisch an, einen komplizierten Text runterzurattern, dem Frido nicht folgen konnte:

»Wenn die genauen Maße fehlen, müssen die Unbekannten in die Gleichung aufgenommen werden. Es geht darum, eine Formel zu erstellen, die auf alle möglichen Töpfe und Erbsen anwendbar ist. Erstens: Berechnung des Volumens der Töpfe. Töpfe sind zylindrische Gegenstände. Die Formel für das Volumen eines Zylinders ist V gleich Pi mal r im Quadrat mal h.« Der Spiegel-Otto musste nach dem Text kurz Luft holen. Dabei warf er Frau Klawitter einen unsicheren Blick zu. Fast tat er Frido leid. Ottos Spiegelbild suchte im Gesicht der Lehrerin nach einem Zeichen, aber sie zeigte nur stumm auf die tickende Stoppuhr und er sprach hastig weiter:

»Zweitens: Berechnung des Volumens einer einzelnen Erbse. Eine Erbse ist eine Kugel. Das Volumen einer Kugel, sprich einer Erbse, ist 1,333 mal …« Mit einem schrillen BRRRING! schnitt die Stoppuhr dem entsetzten Spiegel-Otto das Wort ab.

»Die Frage ist zu komplex, um sie in sechzig Sekunden zu beantworten, Frau Klawitter!«, beschwerte er sich und klang dabei noch schriller als die Stoppuhr. Frido linste durch den Vorhangschlitz. Auf

den Gesichtern der anderen Doppelgänger suchte man vergeblich nach der üblichen Häme. Kein übereifriges Melden, um selbst zu brillieren. Stattdessen starrten alle gebannt die Klawitter an. Sie sagte:

»Nein, Otto, die Frage ist nicht zu komplex, sondern dein Ansatz ist falsch.«

Otto schnappte nach Luft.

»Mein Ansatz ist nie falsch, Frau Klawitter!«, kiekste er.

»Ich fürchte, doch. Das ist eine Übung im kreativen Denken, Otto. Du gehörst leider nicht zur Elite.«

Emil und Frido grinsten sich an, doch im nächsten Moment rief Otto:

»Das kann nicht sein!« Er rammte sich erbittert seinen spitzen Füller in die Hand. Zum Glück raunte die falsche 4a erschrocken auf, sonst hätten alle gehört, wie Emil und Frido hinter der Bühne scharf die Luft einzogen. Das wurde jetzt wirklich gruselig! Aber Frau Klawitter bedachte den Spiegel-Otto nur mit einem missbilligenden Blick und reichte ihm ein Taschentuch, als habe er sich aus Versehen ein bisschen geratscht. Dann sagte sie:

»Nächste Frage!« Kein Finger schnellte nach oben.

»Kein Freiwilliger? Was ist denn mit euch los?« Frau Klawitters Blick fiel auf Julis Doppelgängerin, die sofort den Blick auf ihr Pult senkte, als wäre sie auf die Art weniger sichtbar.

»Juli, wie wär's mit dir?« Frau Klawitter klang betont munter.

»Äh«, sagte die Spiegel-Juli und sprang auf. Rote Hektik-Flecken erschienen auf ihrer blassen Gesichtshaut.

»Deine Frage lautet: Was macht die Knackwurst so knackig?« Die Stoppuhr begann für alle vernehmbar zu ticken. Wieder kroch Frido die Angst in den Nacken. Sie hätten unbekanntere Scherzfragen heraussuchen sollen. Jeder, wirklich **jeder** kannte diesen Witz. Fast ungläubig hörte er Julis Doppelgängerin stammeln:

»E-eine Frage aus dem Lebensmittelbereich? Äh, die Lösung liegt in der Zusammensetzung der Inhaltsstoffe …?« Emil presste sich die Hand auf den Mund, um nicht zu kichern. Frau Klawitter jedoch verzog zum Glück keine Miene. Der Blick von Streber-Juli wanderte zum Barren, als könne das Sportgerät ihr die Antwort verraten, und Frido fand, dass es in diesem Moment tatsächlich intelligenter wirkte als die falsche Juli. Zumindest wirkte es standfester.

»N-nein, Moment«, stotterte sie. »Physik! Es geht um Oberflächenspannung. Geht es um Oberflächenspannung?« Hilfe suchend schaute sie Frau Klawitter an, doch die betrachtete nur gleichmütig die Zeiger auf ihrer Stoppuhr. TICK-TACK. TICK-TACK. TICK-TACK.

»Der falsche Ansatz?«, sagte die Spiegel-Juli verzagt. »D-dann ist es vielleicht ein intrapersonelles Wahrnehmungsphänomen. Die Knackwurst fühlt sich knackig an, weil … weil …« Sie rang nach einem Einfall.

»Noch acht Sekunden!«, ließ Frau Klawitter sie wissen. Streber-Juli verknotete fahrig ihre Finger ineinander und wieder auseinander.

»Wie kann ich etwas nicht wissen?«, flüsterte sie, aber anstelle einer Antwort bekam sie nur das harte BRRRING der Stoppuhr zu hören.

»Was wäre die Antwort gewesen?«, fragte die Spiegel-Juli mit zittriger Stimme. Tränen liefen ihr über die Wangen.

»Was wäre die Antwort gewesen?«, wiederholte Frau Klawitter die Frage

laut und schaute auffordernd in die Klasse. Alle Blicke wichen ihr aus.

»Keiner?«, fragte Frau Klawitter. »Gut. Ich sage euch die Lösung. Die Antwort auf die Frage ›Was macht die Knackwurst so knackig?‹ ist das ›N‹!«

Juli schaute verdattert auf und schniefte leise.

»Kackwurst?«, fragte sie kaum hörbar.

In der Turnhalle herrschte erschüttertes Schweigen. Die Musterschüler verstanden die Welt nicht mehr. Und schon gar nicht die Antwort auf die Prüfungsfrage. Einzig der Spiegel-Frido runzelte die Stirn. Frido stupste Emil besorgt an.

»Der merkt was«, formulierte er stumm mit den Lippen. Sicher erinnerte sich der Spiegel-Frido an die Chinesisch-Witze. Frido nagte nervös an seinem Daumennagel.

»Ich muss sagen, ich hätte mehr von euch erwartet«, sagte in diesem Moment die Klawitter. »Wirklich schade. Euch fehlt die Gabe, querzudenken. Wer Karriere machen will, muss mehr draufhaben als stupides Auswendiglernen!« Das schien auch den Spiegel- Frido zu verunsichern. Zumindest wurde sein Gesicht mit einem Mal irgendwie länger. Emil machte eine triumphierende Geste. Unten in der Halle ließ Frau Klawitter keine Verschnaufpause zu.

»Sebastian«, sagte sie, und Frido sah Sebis Doppelgänger zusammenzucken, bevor er sich brav erhob. »Du enttäuschst mich hoffentlich nicht. Siebenundzwanzigtausend Schornsteine plus fünf Schornsteine plus sieben Schornsteine minus hundertneunundzwanzig Schornsteine. Was kommt da heraus?« KLICK, machte die Stoppuhr. Streber-Sebis Miene hellte sich auf. Mathematik, auf diesem Gebiet kannte er sich aus, dachte er vermutlich.

»Sechsundzwanzigtausendachthundertdreiundachtzig Schornsteine!«, kam es wie aus der Pistole geschossen aus ihm heraus.

»Das ist nicht die richtige Antwort auf die Frage«, sagte Frau Klawitter. Der Spiegel-Sebi machte große Augen.

»Aber …«

»Gibt es jemanden, der die richtige Antwort weiß?«, fragte Frau Klawitter und ließ einen Seufzer folgen, der deutlich machte, wie sehr sie die Situation ermüdete.

Sämtliche Schüler rutschten hinter ihren Pulten gleichzeitig zwei Zentimeter tiefer und zogen die Köpfe ein. Die Verunsicherung hing jetzt so dick in der Turnhallenluft, dass man sie fast mit den Händen greifen konnte. Streber-Sebis Mundwinkel zuckten nervös, und plötzlich bemerkte Frido, dass er sich in sein Pult krallte, als suche er nach Halt. Etwas zog an ihm. Seinem Gesicht war anzusehen, dass er sich nicht erklären konnte, was mit ihm geschah. Wie sollte er auch? Das, was an ihm zog, stand immer noch gut verborgen hinter dem Vorhang. Frido drehte sich ahnungsvoll zum Spiegel um. Yes! Der echte Sebi war im Spiegel aufgetaucht. Frido rüttelte Emil am Arm. Dann winkte er Sebi wie verrückt zu und hielt anfeuernd beide Daumen hoch. Sebi lächelte. Sollte ihr Plan wirklich aufgehen?

»Anscheinend ist der Ruf, der meiner 4a vorauseilt, nicht gerechtfertigt. Beschämend «, sagte Frau Klawitter. »Weiß wirklich **niemand** die Antwort auf die Frage?«

Sebi trat durch die wabernde Spiegeloberfläche auf die Bühne und rief laut:

»Doch. Ich!« Fünfundzwanzig Augenpaare starrten auf die Bühne. Von dort

kam die Stimme. Doch zu sehen war nur der geschlossene Vorhang. Frido und Emil nickten einander zu. Eins. Zwei. Drei. Und los! Von unten sah es so aus, als teilte sich der Vorhang automatisch. Jeweils eine Vorhanghälfte mit sich ziehend, liefen Frido und Emil leise zum linken und rechten Bühnenrand. Dort hielten sie sich weiter verborgen.

Durch die Klasse ging ein entsetztes Raunen, als oben auf der Bühne der Spiegel sichtbar wurde. Sebis Doppelgänger versteinerte beim Anblick seines Originals. Frau Klawitter allerdings tat, als habe sie das Geschehen hinter sich gar nicht mitbekommen.

»Also? Wie lautet die Antwort? Was kommt heraus, wenn man siebenundzwanzigtausend Schornsteine mit fünf addiert plus ...«

»Rauch! Rauch kommt raus!«, rief der echte Sebi dazwischen und lachte.

»Richtig!«, rief Frau Klawitter. »Wer war das?« Und dann sagte sie zum falschen Sebi: »Sebastian, du bist raus, tut mir leid. Setz dich bitte.«

Aber Sebi-Strebi setzte sich nicht. Stattdessen schrie er: »WAA-AAAH!« Als zöge jemand einen Teppich unter ihm weg, verlor er das Gleichgewicht und glitt mit den Füßen voran unter das Pult. Vergeblich suchte er nach Halt, die Anziehungskraft des Spiegels war stärker. Unerbittlich wurde er über den Fußboden gezerrt. Unter den schockierten Blicken seiner Mitschüler schlitterte er wie ein Puck im Eishockey unter seinem Pult hindurch, über den Hallenboden und an Frau Klawitter vorbei. Er polterte liegend die drei Stufen zur Bühne hoch (Aua!, dachte Frido), glitt am echten Sebi vorbei und wurde mit einem satten SCHLOCK vom Spiegel verschluckt. Emil feixte Frido vom anderen Bühnenrand aus zu. Frau Klawitter tat, als habe sie von dem ungeheuerlichen Geschehen nichts mitbekommen.

»Dunja! Was ist gelb und liegt auf der Straße?«, fragte sie.

»Was?«, war das Einzige, was die falsche Dunja hervorbrachte. Panisch schaute sie nach links und rechts, als flöge irgendwo die Lösung herum.

»Ich, äh …«, sagte sie und verstummte. Wie von einem Lähmungszauber befallen, starrte sie auf den Spiegel, in dem die echte Dunja erschien. Selbst aus der Entfernung sah Frido, wie Emils Augen begeistert aufleuchteten.

»Eine tote Pommes!«, rief Dunja, kaum war sie aus dem Spiegel herausgetreten. Und einer toten Pommes gleich wurde Streber-Dunja wie zuvor der falsche Sebi vom Spiegel angezogen und flutschte wie ein nasser Sack über den Hallenboden auf die Bühne. SCHLOCK machte es erneut und weg war sie. Emil feierte das in seinem Versteck mit unzähligen Daumen-Hochs.

»Was ist weiß und geht den Berg rauf?«, fragte die Klawitter. Sie ließ ihre Augen über die verschreckte Gemeinde der Doppelgänger schweifen und gleich mehrere verloren die Nerven. Juli, Otto und ein Junge brachen zusammen, glitten im Slalom um die Pulte herum über den Boden und ließen sich wehrlos auf die Bühne und in den Spiegel saugen. Im nächsten Moment spuckte der Spiegel die drei Originale aus.

»Was ist weiß und geht den Berg rauf?«, wiederholte Frau Klawitter und die drei riefen:

»Eine Lawine mit Heimweh!«

»Richtig!«, rief Frau Klawitter. »Was ist braun und sitzt hinter Gittern?« Von den Doppelgängern ratlos begafft, antworteten alle befreiten Kinder im Chor: »Eine Knastanie!« Weitere Kinder erschienen im Spiegel, während ihre Spiegelbilder hineingezogen wurden.

»Was ist flüssiger als Wasser?«, fragte die Klawitter.

»Hausaufgaben! Die sind überflüssig!«, rief der immer zahlreicher und lauter werdende Chor.

»Was hört man, wenn man an einer Muschel lauscht?«

»Meeresrauschen!«

»Und was hört man, wenn man an einem Döner lauscht?«

»Das Schweigen der Lämmer!« Frido hatte vor lauter Begeisterung einfach mitgeschrien. Immer mehr Kinder traten aus dem Spiegel, immer mehr Doppelgänger verschwanden darin.

»Was steht auf dem Herd und ist geheim?«

»Topf secret!«

»Wann gehen U-Boote unter?«

»Am Tag der offenen Tür!« Frido bekam plötzlich eine ganz trockene Kehle. Sämtliche Pulte in der Turnhalle waren leer. Bis auf eines. An diesem saß der Streber-Frido und krallte sich mit beiden Händen an der Sitzfläche seines Stuhls fest.

»Das waren alles Scherzfragen«, sagte er und starrte Frau Klawitter finster an. PLOPP. Fridos Herz rutschte nach unten. Irgendwo in der Magengrube blieb es hängen.

»Ja?«, sagte Frau Klawitter ungerührt. »Diese Fragen sind leicht zu beantworten, wenn man die Kunst des Um-die-Ecke-Denkens beherrscht. Tut man es nicht, ist das schlecht. Und zeugt nicht von besonderer Intelligenz.« Sie zuckte bedauernd mit den Achseln. Frido sah, wie sein Doppelgänger sich noch fester an seinen Stuhl krallte. Zu sehen, dass der andere schwächer wurde, flößte ihm Mut ein. Jedenfalls ein bisschen. Mit wackligen Knien stakste er aus seinem Versteck. Der andere erstarrte bei seinem Anblick, fing sich aber sofort wieder.

»Ich wusste doch, dass wir uns noch einmal wiedersehen. Zeit für dich zu gehen«, sagte Fridos perfektes Ich. Jetzt verbeugte er sich auch noch wie ein Diener piekfeiner Leute und wies mit der Hand auf den magischen Spiegel. Als würde Frido sonst nicht kapieren, **wohin** er gehen sollte.

Frido räusperte sich.

»Kapierst du's nicht? **Du** wirst hier nicht mehr gebraucht«, sagte Frido und wundersamerweise hörte man seiner Stimme die wackligen Knie nicht an. Sein Spiegelbild ließ die Augenbrauen hochschnellen.

»Ich sehe hier nur einen, der nichts kapiert«, sagte der Spiegel-Frido. Er fixierte Frido, und blöderweise sorgte das dafür, dass Fridos zusammengesammelter Mut ihn gleich wieder verließ. Der Spiegel begann an ihm zu zerren. Er stemmte sich mit beiden Füßen in den Boden, doch sein Oberkörper wurde zum Spiegel gesogen. Bis der Spiegel-Frido einen Fehler machte:

»Glaubst du wirklich, Mama will einen wie dich zurück?«, fragte er verächtlich. Er konnte ja nicht wissen, dass Frido diese Sache längst mit seiner Mama geklärt hatte. Die Sogwirkung des Spiegels ließ nach, doch Frido tat weiter so, als zöge er an ihm. Mit Absicht.

»Das glaube ich nicht«, sagte Frido. Er kostete den Moment aus, in dem sich der Mund des anderen kurz zu einem siegesgewissen Grinsen verzog. Frido ließ seinen Gegner aus der Deckung kommen, um ihm eine Sekunde drauf einen Fausthieb zu versetzen, indem er sagte: »Das glaube ich nicht, das **weiß** ich!« Er zog seinen abgeknickten Oberkörper in die Senkrechte zurück. Und – FFFFT! – wurde der andere vom Stuhl auf den Boden gezogen. Aber er hielt sich am

Pult fest und hievte sich wieder ein Stück nach oben, sodass die Nase über die Tischkante ragte.

»Selbst wenn!«, zischte er und holte noch einmal aus. »Du bist und bleibst ein Versager! Du hast keine Zukunft! Du schaffst es niemals aufs Gymnasium!« Nur ein ganz kleines bisschen krümmte sich Frido unter den fies platzierten Hieben des anderen. Ein ganz kleines bisschen zog es ihn noch einmal in Richtung Spiegel. Aus dem Augenwinkel sah er Emil, der immer noch am Bühnenrand stand und sich erst an die Stirn tippte und dann auf den Spiegel-Frido zeigte. Frido atmete einmal durch und richtete sich innerlich wieder auf. Streber-Frido würde ihn nicht mehr kleinkriegen.

»Vielleicht will ich auch gar nicht aufs Gymnasium«, sagte er laut. Der Widerstand von Streber-Frido brach zusammen. Er versuchte sich hier und da festzuhalten, als er durch die Turnhalle gezogen wurde, aber er hatte zu wenig Kraft, um Halt zu finden. Frido trat schnell einen Schritt zurück, als sein Doppelgänger an ihm vorbeigezogen wurde. Wer konnte schon wissen, ob er nicht versuchen würde, ihn mit sich zu ziehen. Denn der Streber-Frido war wirklich ein hartnäckiger Fall. Er gab einen hässlichen Ton von sich, als seine Füße in die silbrig glänzende Oberfläche des magischen Spiegels eintauchten. Im nächsten Augenblick war er bis zum Hals darin verschwunden, doch zum Aufatmen war es zu früh. Plötzlich riss er noch einmal die Arme hoch und schlug mit wutverzerrter Miene die Finger wie Klauen in den Spiegelrand. Er wollte einfach nicht aufgeben.

»Das wirst du bereuen«, fauchte er und funkelte Frido an. »Ich bin der perfekte Frido!« Er schaffte es, sich ein Stückchen aus dem Spiegel herauszuschieben. Frido holte tief Luft.

»Perfekt gibt es nicht«, sagte er. Das gab seinem Doppelgänger den Rest. SCHLOCK machte es. Dann war er im Spiegel verschwunden.

Frido und Emil stürzten gleichzeitig los und rammten Hand auf Hand den Drachenaugenknopf in die Versenkung. Während hinter ihnen die 4a erleichtert anfing zu johlen, starrten die beiden Jungs in den Spiegel, wo nun neben Emils auch Fridos Spiegelbild stand. Harmlos sahen die beiden aus. Wie ganz normale Spiegelbilder. Zur Sicherheit hoben Emil und Frido prüfend eine Hand in die Höhe und gerieten außer sich vor Freude, als ihre Spiegelbilder es ihnen gleichtaten. Keiner von beiden wollte je wieder ein anderes Spiegelbild besitzen. Anscheinend wollte das auch sonst niemand hier in der Turnhalle.

»Frido! Frido! Frido!«, rief die 4a hinter ihm im Chor. Und: »Emil! Emil! Emil!«, rief sie. Frido und Emil sahen sich an und drehten sich dann zu den anderen um, die sie feierten wie Fußballstars. Also waren sie jetzt alle wieder Freunde, dachte Frido und grinste.

»Emil! Emil! Emil!«, rief plötzlich nur noch Dunja, weil alle anderen verstummt waren. Frido grinste noch ein bisschen breiter, als er sah, dass sowohl Dunja als auch Emil rot wie Feuermelder wurden. Sebi rief:

»Genau! Emil ist der einzige Streber, den wir akzeptieren. Alle lachten. Emil blinkte rot **und** strahlte.

Plötzlich ließ ein irrsinniger Kampfschrei alle Freunde zusammenfahren. Er entsprang der Lehrerinnen-Kehle von Frau Klawitter, die auf die Bühne gekommen war und aus dem Stand zu einem gewaltigen Sprung ansetzte. Siebenundzwanzig geweitete Augenpaare sahen, wie sie mit dem ausgestreckten rechten Bein voran auf den Spiegel zuflog. Einen winzigen Augenblick lang fragte sich Frido, ob seine Lehrerin über Nacht ihr Spiegelbild befreit hatte. Eins, das Karate konnte. Doch im letzten Moment, bevor sie ihren Absatz in die Spiegeloberfläche bohren konnte, brach Frau Klawitter das Manöver ab.

»Ich würde ja zu gern!« sagte sie. »Aber dann hätten wir keinen Beweis mehr.« Und weil keiner etwas sagte, fügte sie hinzu:

»Es ist ja wohl klar, dass wir damit zur Polizei gehen. Wer auch immer dafür verantwortlich ist, muss zur Rechenschaft gezogen werden!«

Endlich fanden auch Emil und Frido ihre Sprache wieder:

»Das war Wahnsinn, Frau Klawitter«, sagte Emil.

»Ganz großes Klawitter-Gewitter. Echt wahr!«, setzte Frido hinzu.

Und dann jubelte die Klasse noch einmal.

ENDE GUT. ALLES PERFE~~C~~KT?

Am nächsten Tag hatte es sich leider schon wieder ausgejubelt. Für Fridos Geschmack war das »Happy End« viel zu kurz gewesen. Dafür, dass die Dinge vorher ziemlich lange und ziemlich stark aus dem Ruder gelaufen waren, hätte jetzt mindestens genauso lange auch mal alles super sein können, fand er.

Emil sah das anders. Er sagte, Frido und ihm stünden rosige Zeiten bevor, und da hatte er sogar recht. Wenn man Eltern wie die Langhals-Diestelmeiers hatte oder wie Fridos Eltern, konnte man sich wirklich nicht beschweren. Die waren sich nämlich neuerdings darin einig, dass Kinder genügend Zeit zum Spielen brauchen. Leider teilten nicht alle Eltern ihrer Freunde diese Ansicht. Und das trübte auch Fridos Glück. Sebi zum Beispiel war sich ziemlich sicher, dass sein Vater ihn sofort gegen den Streber-Sebi eingetauscht hätte. Er war sehr enttäuscht darüber, dass Sebi nicht den Platz auf dem Elite-Internat ergattert hatte. Und so ging es ein paar anderen Kindern aus der 4a auch.

»Na ja, wenn mein Vater mitbekommt, dass du auch wieder eine Niete bist, kriegt er sich hoffentlich wieder ein. Und wenigstens spinnt meine Mutter nicht so rum«, sagte Sebi zu Frido. Frau Klawitter wollte sofort einen Elternabend veranstalten und alle Eltern in das Geheimnis rund um den Spiegel einweihen.

»Sollen sie doch mal sehen, was sie in den letzten Wochen für Spukgestalten zu Hause hatten«, sagte sie. Aber den Plan konnte sie sich direkt wieder abschminken. Der Spiegel funktionierte nämlich nicht mehr.

Das stellten sie fest, als Frido, Emil und Frau Klawitter den Spiegel gemeinsam zur Polizei brachten. Emils und Fridos Eltern kamen mit. Zur Verstärkung. Trotzdem guckten die Polizisten auf der Wache ziemlich ungläubig, als Emil und Frido ihre Geschichte erzählten. Einer von ihnen fragte, ob heute der erste April sei. Und als Frau Klawitter zum Beweis auf den Drachenaugenknopf drückte, sah Frido genau, wie die Polizisten die Augen verdrehten, weil sie es ja gewusst hatten. Es tat sich nämlich nichts. Auch nicht, als Emil und Frido es versuchten. Ihre Spiegelbilder weigerten sich, auch nur den kleinen Finger anders zu bewegen als die Originale.

»Veräppeln können wir uns alleine«, sagte einer der Polizisten.

Frido und Emil waren der Meinung, es sei das Beste, den Spiegel zu zerstören. Aber Frau Klawitter wollte noch nicht aufgeben.

»Vielleicht funktioniert er morgen wieder«, sagte sie und ließ den Spiegel in ihrem Wohnzimmer abladen. »Wir brauchen ihn als Beweisstück!« Sie wollte dem Spiegellabyrinthbesitzer unbedingt das Handwerk legen. Doch der war samt seinem Spiegellabyrinth über Nacht vom Jahrmarkt verschwunden. Niemand hatte etwas davon mitbekommen, dass das Zelt abgebaut worden war. Es sei einfach plötzlich weg gewesen, hieß es. Das klang nicht gerade beruhigend, fanden Frido und Emil. Aber es sollte noch viel beunruhigender kommen. Als Frau Klawitter nach Hause kam, war nämlich auch der Spiegel aus ihrem Wohnzimmer verschwunden. Einfach so. Es gab weder eingeschlagene Fensterscheiben noch eine aufgebrochene Tür.

Für Frido war sonnenklar, dass der Mann mit dem Hut hinter dem mysteriösen Diebstahl steckte. Einer, der einen magischen Spiegel besaß, konnte sicher auch selbst zaubern. So einem konnte niemand das Handwerk legen. Vermutlich lockten er und sein blöder Spiegel längst in einer anderen Stadt ein Opfer an, das glaubte, ein perfektes Spiegelbild zu brauchen.

»Wie im Gruselfilm«, sagte Emil. Da passierte oft ganz am Ende noch mal ein schauriges Ereignis, das klarmachte, dass das Unheimliche nicht ganz besiegt war.

Was das anging, würde Frido auch seinem Spiegelbild nie wieder so richtig über den Weg trauen.

Nicht mal dem im Badezimmer. Man konnte schließlich nie wissen! Emil ging es genauso. Und ihren Freunden vermutlich erst recht. Die waren schließlich richtig drin gewesen im magischen Spiegel. Als Frido abends gemütlich in seinem Bett lag, nahm er sich vor, morgen Sebi, Dunja und die anderen zu fragen, wie es eigentlich im Spiegel gewesen war. Er hätte doch zu gern gewusst, wie es einem dort erging. Mit diesem Gedanken schlief er ein.

WOW